小説 Fukushima 50

角川文庫
22024

小説 Fukushima 50

周木 律

角川文庫
22024

目次

主な登場人物

中央制御室（中操）

伊崎利夫（56）
第一運転管理部 当直長

前田拓実（48）
第二運転管理部 当直副長

大森久夫（59）
第一運転管理部
作業管理グループ 当直長

工藤康明（51）
第一運転管理部 当直長

西川正輝（26）
第一運転管理部 補機操作員

緊急時対策室（緊対）

吉田昌郎（56）
福島第一原子力発電所所長（本部長）

浅野真理（45）
安全サービス担当

樋口伸行（54）
第一保全部 部長（復旧班長）

東都電力・本店／官邸

首相

真鍋直樹（63）
原子力安全委員会 委員長

小野寺秀樹
東都電力 常務取締役

主な用語集

１Ｆ（いちエフ） 福島第一原子力発電所の略称。

AO弁 サプレッション・チェンバーの上についているバルブ。空気作動弁ともいう。

DG（Diesel Generator） 地震による停電などの緊急事態に備えるための非常用ディーゼル発電機の略称。その電源が落ちた状態を「DGトリップ」という。

MO弁 原子炉建屋の２階にある電動のバルブ。

MSIV（Main Steam Isolation Valve） 主蒸気（メインスチーム）を隔離する弁のこと。

RCIC（Reaction Core Isolation Cooling system） 原子炉の蒸気によってまわるタービンの力を利用し、外から水を炉心に放入して冷やす仕組みのこと。原子炉隔離時冷却系ともいう。

SBO（Station Black Out） 全交流電源喪失。原子炉を冷却する電源が完全になくなったこと。

サプレッション・チェンバー 原子炉の圧力上昇を抑える水冷装置。略してサプチャンという。

スクラム 原子炉が緊急停止すること。原子炉は、地震などの揺れや緊急事態に遭遇した時に、自動的に炉心に制御棒が挿入され、停止する仕組みになっている。

ベント 原子炉の格納容器の中の圧力を外に逃がすこと。それはすなわち、周辺地域に「放射能汚染をもたらす」ことでもある。

メルトダウン 核燃料が崩壊熱を発して炉心が溶けてしまうこと。原子炉の燃料炉心溶融ともいう。

原子炉の構造
（福島第一原子力発電所１号機）

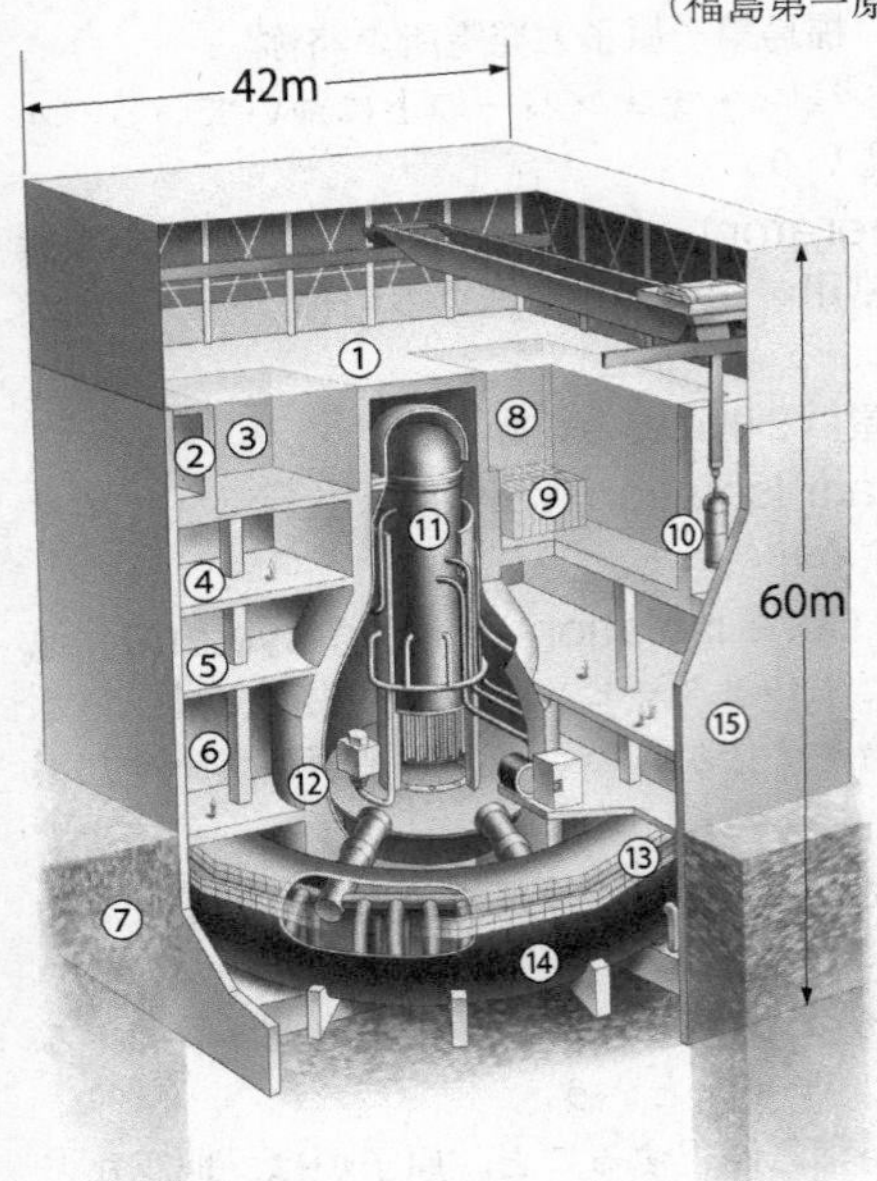

① 5階部分（水素爆発により破壊）
② 4階部分
③ DSピット（炉内機器を入れるプール）
④ 3階部分
⑤ 2階部分
⑥ 1階部分
⑦ 地下部分
⑧ 使用済み燃料プール
⑨ 使用済み燃料ラック
（使用済み燃料が入っている）
⑩ キャスク
（使用済み核燃料を運搬する容器）
⑪ 原子炉圧力容器
⑫ 原子炉格納容器
⑬ キャットウォーク
⑭ 圧力抑制室
（サプレッション・チェンバー）
⑮ 原子炉建屋

イラストレーション　児玉智則

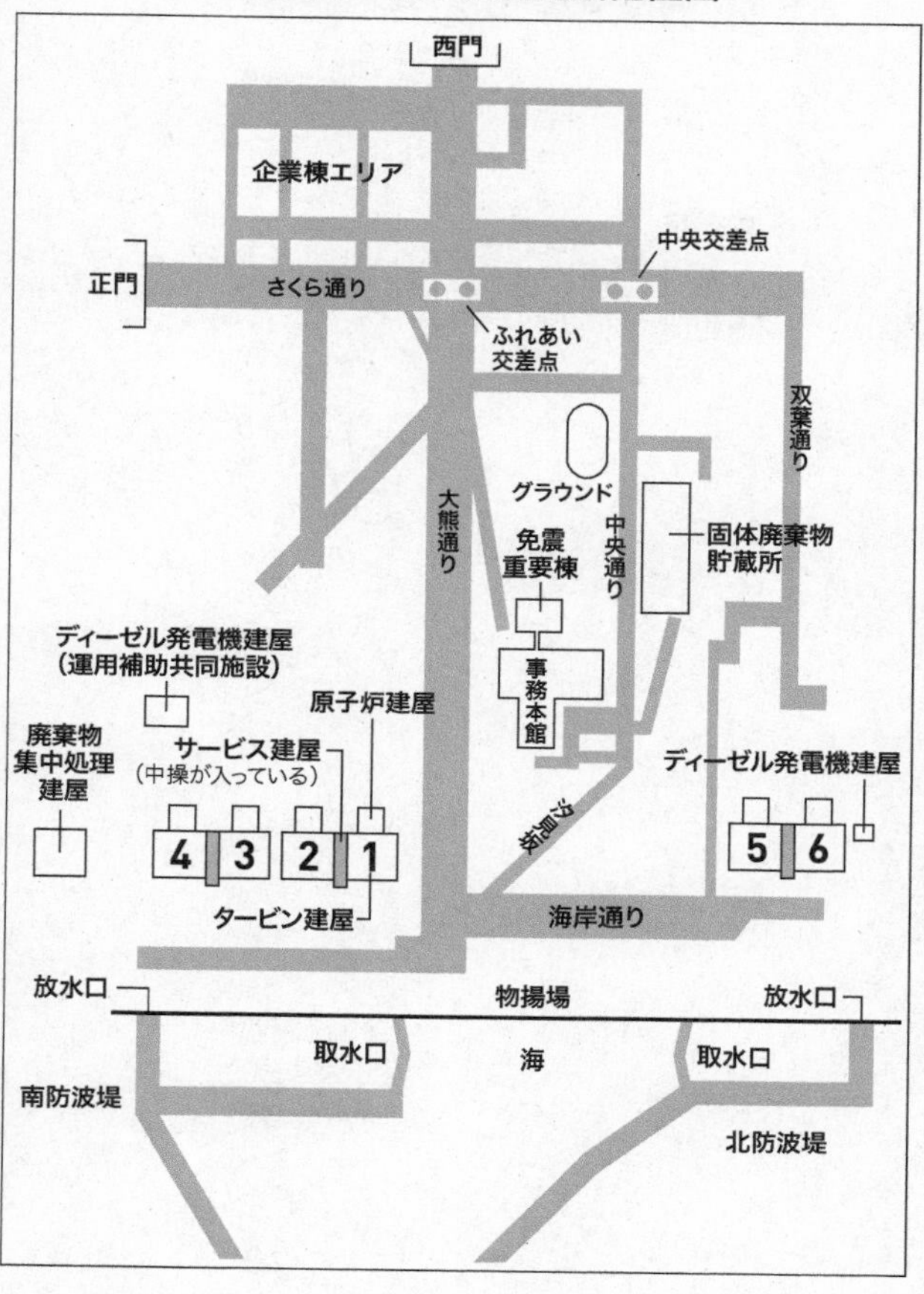
福島第一原子力発電所配置図
西門
企業棟エリア
中央交差点
正門
さくら通り
ふれあい
交差点
双葉通り
グラウンド
大熊通り
中央通り
免震
重要棟
固体廃棄物
貯蔵所
ディーゼル発電機建屋
(運用補助共同施設)
事務本館
原子炉建屋
廃棄物
集中処理
建屋
サービス建屋
(中操が入っている)
ディーゼル発電機建屋
汐見坂
4
3
2
1
5
6
タービン建屋
海岸通り
放水口
物揚場
放水口
取水口
海
取水口
南防波堤
北防波堤

プロローグ　2014年春

行く手に、誘導灯を振る作業員の姿が見えた。

伊崎利夫は、柔らかくブレーキを踏むと、その作業員の横へと車を進めた。

「……おひとりですか？　恐れ入りますが、通行証をお願いします」

車の窓越しに、関係者にのみ配布されている通行証を見せると、作業員は「ありがとうございます」と慇懃に顎を引き、手動でゲートを開いた。

「ごくろうさまです」笑顔を返すと、伊崎はアクセルを踏む。

車が再び、走り出す。

なんて、天気のいい日だろう。麗らかな春の陽気に花が咲き、にわかに色づき始めている。一見、どこにでもありそうな美しく長閑な田舎町だ。

しかし今、ここに人の姿はない。

福島県双葉郡富岡町。帰宅困難区域に指定されているこの町には、復旧が進んでいるとはいえ、いまだ人々は戻ることができていない。

――『原子力明るい未来のエネルギー』

車が、そう書かれた大きなPRゲートの下をくぐった。

同時に、そこかしこに残る、3年前の、あの日の残骸ともすれ違う。

崩れ落ちたまま朽ち果てた家屋。寸断された道路。手入れをする者もなく雑草だらけになってしまった公園。ありとあらゆるものが、あの日のまま、取り残されている。

明るい未来の指し示していたものがこれなら、なんと皮肉なことだろう。

苦い思いとともにハンドルを握りながら、伊崎はふと、考えた。

――きっかけは、たぶん、ちょっとしたことだったのだ。

例えば、岩盤にできた数ミリにも満たないごく小さな亀裂（きれつ）。大きなエネルギーが蓄積された海底の地盤は、その亀裂を端緒として連鎖的な断裂を起こし、あっという間に全長500キロに及ぶ破壊へと成長した。この急激な断層破壊がマグニチュード９・０に及ぶ膨大なエネルギーを一気に放出し、あの破滅的状況をもたらした津波を生み出した。

それと同じことが、伊崎がいた福島第一原発――１Ｆ（いちエフ）でも人為的に起こされていた。

核燃料の中に収められたウラン２３５。その原子核に中性子が衝突すると、核分裂が起こり熱エネルギーが生まれる。中性子は、別のウラン２３５の核と衝突し次なる核分裂を誘発する。この連鎖的な反応が、原子炉がエネルギーを生み出す源だった。

そう考えれば、根っこは同じだったのだ。どちらも同じ連鎖反応であって、どちらも結果としては人間が制御できないものだったのだから――。

もちろん、それは結果論だ。今から振り返るなら、誰だってその是非を無責任に論じられる。

ただ、結果はどうあれ、原子炉技術者である伊崎たちだからこそ確実に言えることが、ひとつあった。

それは、俺たちはあのとき、ただひたすら奮闘したのだということ。

「……なあ、そうだろう？」

誰にともなくそう呟くと、伊崎は道端に車を停め、エンジンを切った。

不意に訪れた静寂の中、ハンドルに凭れてフロントガラス越しに見上げる空に、満開の桜だけが舞っている。

富岡町、夜の森公園。辺りには車はない。すれ違う人もいない。

伊崎は静かに、目を閉じた。

2011年3月11日朝

「遥香、お父さん、今朝もまだダメ？」

母が、台所の玉のれんから首だけを出して、心配そうに言った。

遥香は、手にしていた碗と箸をそっと置くと、「うん」と小さく頷いた。

「昨日の続きがやりたかったんだけどね。あの人、とっとと出てっちゃった」

「そう……」母が、掛ける言葉に迷ったように、曖昧な頷きだけを返した。

父、伊崎利夫は、東都電力の福島第一原子力発電所に勤務するエンジニアだ。「当直長という責任ある役職に就いているらしいが、そのせいで、遙香と家で顔を合わせる機会があまりない。ましてや昨晩はあんなことがあったのだから、とっくに出勤していると思ったのだが――。

父は朝、居間にいた。

遙香は思わず「あっ」と小さく声を発すると、誤魔化すように、そっと無言で父の斜め向かいに座った。父は、口をへの字に結んだまま、まるで遙香がそこにいないかのように、険しい目つきのまま朝のニュースをじっと見ていた。

改めて、遙香は思った。私ももう24だ。子供じゃないし、私の人生を決める権利は私にある。ましてや、あの人のことをお父さんにとやかく言われる筋合いはない。

今こそ。消化不良で終わった昨日の話にケリをつけなければ――。

よし、と自分に頷くと、遙香は話を切り出した。

「あのね、お父さん。昨日の話なんだけど……」

「行ってくる」

しかし、遙香の言葉を無視するように、父は、東電のジャンパーを乱暴に羽織ると、足を踏み鳴らして居間を出て行った。

——それから約1時間が経ち、今に至る。

はあ、と遙香は短い溜息を吐いた。一体、いつになったらわかってもらえるのだろう。

そもそも、いつになったらきちんと話す機会をもらえるのか。

こんなにも埒が明かない状態が続くのだったら、いっそ、駆け落ちしてやろうかな。

「朝ごはん、終わった？」

「あ、ごめん。今食べる」母の声に我に返ると、遙香は冷めたご飯を頬張った。

美味しい。こんなに腹が立つのに、こんなに米が美味いなんて、どういうことだ。

それに、机の上の灰皿もなんだ。禁煙中と言ってる癖に、いつまでもウジウジ残し続けやがって。テーブルの上で邪魔なんだよ——。

次々と理不尽な怒りが込み上げる。

それらごと胃の腑に収めるように、遙香は黙々と飯粒を飲み込んだ。

「お母さん、ちょっとご近所に行ってくるから。お茶碗、流しに浸けておいてね。おじいちゃん起きてきたら、お味噌汁だけ温めてあげて」

「わかった」

「それとね、遙香」

仏頂面の遥香に、母が言った。

「きっと、時間が解決するから。ね？　ゆっくり待とう？」

時間が解決する？　ゆっくり待つ？　確かにそうかもしれないけれど、そもそもこんな持久戦を強いられるのもすべて、あの親父のせいなんだ！

「だったらいいんだけど！」

遥香は、大声で怒りを吐いた。

第一章

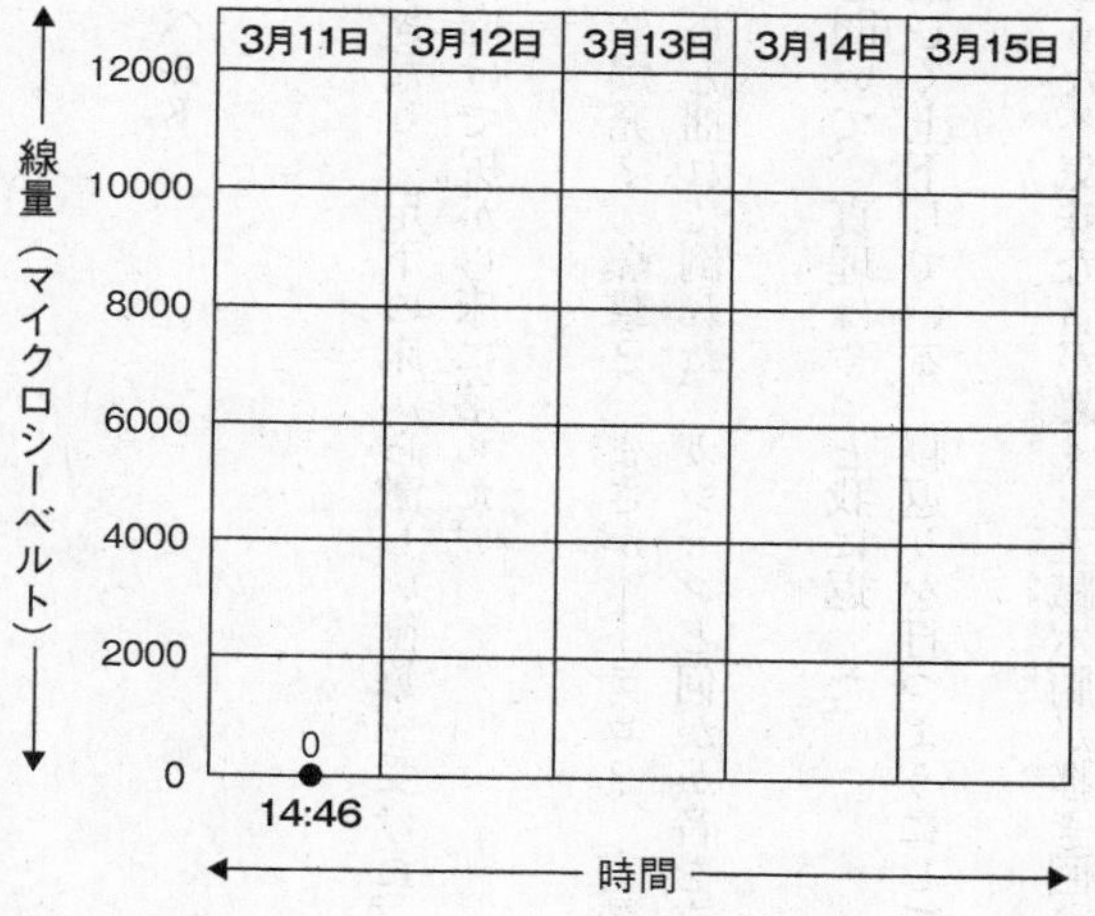
3月11日
3月12日
3月13日
3月14日
3月15日
12000
10000
8000
6000
4000
2000
0
線量（マイクロシーベルト）
0
14:46
時間

２０１１年３月11日14時46分
正門付近　毎時０マイクロシーベルト

ドン！

事務本館の廊下にいた浅野真理は、いきなり、足下の床から激しい衝撃を受けた。一瞬宙に浮き、それからどすん、と仰向けで尻から床に落ちた。

真理はパニックになった。

えっ？　一体何が起こってるの？　ガス爆発？　爆撃？　まさか――テロ？　書類が宙を舞い、その向こうで書架がぐらぐらと揺れて倒れた。ガシャンと何かが音を立てて割れ、キャーッと悲鳴が上がった。

「地震だぁ、頭守れ！」誰かの叫び声を聞いて、真理はやっと我に返った。

そうか地震だ！　床一面が大きく、激しく上下している。寝返りを打つようにして、うつ伏せになると、頭を両手で覆った。

激しい揺れ。ゴウゴウと、地鳴りのような不気味な音が轟く。五臓六腑が掻き回される。真理の45年の人生で、一度も経験したことがない大きな地震。いつ果てるとも知れない凶暴な揺れに、真理は恐怖を覚えた。もしかしたらこのまま地面が割れて地中に吸い込まれちゃうんじゃないかしら？

だが、1分ほどして、揺れは静かに収まっていった。

パラパラと、天井から何かの破片が落ちてきた。頭を抱えて震えていた真理は、おそるおそる、顔を上げる。

つい数分前まで整然としていた事務本館が、無残に散らかっていた。机の配置がめちゃくちゃ、コピー機やパーテーションも横倒しになっている。その隙間を埋めるように、書類やファイルが散乱していた。

一面に舞う埃（ほこり）に咳（せき）込みながら、ゆっくりと立ち上がる。足が震え、壁に凭れなければ転んでしまいそうだった。突然の出来事に呆然（ぼうぜん）としながら、真理は必死に考えた。こういうとき、どうするのだっけ？　何から手を付ければいい？　それより、家族はどうなっただろう？　母は？　夫は？　皆、無事でいる？

頭の中が混乱して何もまとまらなかった。一体どうすればいいんだ――。

「皆、大丈夫か！」

背後で男の声がして、真理は振り返った。

その男の顔を見て、真理の中から不安な気持ちが吹き飛んだ。

「しょ、所長！」

「おう、浅野も無事か」福島第一原子力発電所所長、吉田昌郎が、太い声で答えた。

身長は180センチを超える堂々たる体格に、精悍な顔つき。2階の所長室から駆け降りてきた、敷地面積350ヘクタールを誇るこの巨大な1Fで6千人以上の従業員を束ねる男は、1階の惨状をぐるりと見回してから、よく響く声で言った。

「いいか！　皆、まずは落ち着け。それから怪我人をチェックしろ。各班で点呼して全員揃っているか確かめるんだ。安否確認が大事だぞ。いいな、しっかりやれ！」

矢継ぎ早の指示。その迷いのなさに、真理も冷静さを取り戻す。

所長が言ったとおりだ。まず落ち着け、落ち着くんだ私――。

「俺は緊対へ行く。後は頼んだぞ」

「はい！」真理も腹から返事をした。

もう混乱はしていなかった。まず各班長に連絡して、点呼の結果を私が取りまとめる。もし怪我人がいれば手当をしないといけないから。応急キットを探して、多めに用意しておこう。それから――。

ふと、家族のことが頭を過る。だが一度、それは脇に置いた。家族は皆、私と似て図太い。大きい地震だったけれど、多少のことなら無事でいてくれるだろう。うん、きっと大丈夫。そのはずだ。

大股でのしのしと、事務本館に隣接する免震重要棟へと向かう吉田の後ろ姿を見送ると、真理は、てきぱきと、今、自分がすべきことに猛然と取り掛かっていった。

＊

「動くな！　動くんじゃない！」

　尋常ではない地震だと分かった瞬間、伊崎は、当直長席の机にしがみついて叫んだ。

　同時に、中央制御室に詰めていた、当直副長を始めとする13人の運転員たちも、各々「しゃがめ！」「摑まれ！」と声を上げる。手すりに摑まり、あるいは床にへたり込み、それぞれ暴力的な揺れに必死で耐えている。

「落下物に気を付けろ！　頭を下げて、身を守れ！」

　そう指示をしながら、伊崎は逆にしっかりと顔を上げ、周囲の様子を見る。

　ゴウゴウと大地が足下を突き上げる。机の上からパソコンや電話、ファイルが落ちて、ガシャンガシャンと大きな音を立てる。部屋の中央に掲げられていた『安全三原則　止める　冷やす　閉じ込める』と書かれた壁掛けパネルも、傾き、落ちる。

　事務本館の南東約400メートルに位置する原子炉1号機と2号機の間にあるサービス建屋2階、中央制御室。通称「中操」には窓がない。だから、外がどうなっているかはまったくわからない。伊崎の頭の中を、プラントの各所で働く同僚たちの顔が過る。

あいつらは皆、無事か？

　よくない事態を想像しながらも、伊崎はしかし、迅速に、

「スクラムするぞ！」と、今すべきことを指示した。

スクラムとは、原子炉の緊急停止のことだ。

炉心にある核燃料は、ウランの連鎖反応により、熱を発生している。この炉心に、中性子を吸収する制御棒を挿入することで、連鎖反応が止まり、原子炉も止まる。

今、最も恐れるべきは、原子炉が暴走し、制御できなくなることだ。そうなる前に、原子炉を緊急停止（スクラム）しなければならない。それは、百戦錬磨のプラントエンジニアである伊崎の身体に、訓練を通じて染みついた『鉄則』だった。

　もちろん、それが染みついているのは伊崎だけではない。

「1号、ハーフスクラム！」

　すぐさま誰かが叫んだ。伊崎の指示より前に、すでにスクラムが起動していたのだ。

「2号、ハーフスクラム！」

「1号、スクラム！」

　いまだ激しい揺れが続く中、制御盤に齧（かじ）り付いた運転員たちが次々と報告を行う。

その声は、激しく鳴り響くアラームと、ギシギシと建物が発する不穏な音に掻き消される。

「2号、スクラム！　制御棒（CR）全挿入！」

　それでも、制御盤のパネルに並ぶランプを凝視しながらの絶叫が続いた。

　スクラムを示す赤ランプの点灯とともに、地震が少しずつ収まる。いまだ中操には、火災報知機のジリジリジリという音と、制御盤が異常値を感知したことを示すファンファンファンというアラームが鳴り響いている。

　だが、まず原子炉は『止め』られた——。

　と、思った瞬間、中操の照明がすべて落ちた。

「どうした？」と問う伊崎に、

「外部電源喪失！」と、誰かが暗闇の中で大声を上げた。

「外部電源喪失、了解！」伊崎はすかさず叫び返す。了解を付した復唱は、この場にいる全員の頭に状況を叩（たた）きこむための『ルール』だ。

「主蒸気隔離弁（MSIV）、閉（へい）！」

「MSIV閉、了解！」発電機で作られた蒸気は、タービン建屋に運ばれ、そこで発電機を回して電気を作る。その蒸気を運ぶ配管の主蒸気隔離弁（MSIV）が閉じたということは、原子炉系を他から分離し『閉じ込めた』ことを意味する。

　その調子だ、と伊崎が心の中で呟（つぶや）いたとき、パッと照明が点（つ）いた。

「ディーゼル発電機（DG）、起動！」

「ＤＧ起動、了解！」

「非常用炉心冷却装置、待機！」

「ＥＣＣＳ待機、了解！　いいぞ、そのままだ！」

制御盤を見ながら、伊崎はようやく、当直長席の背に凭れて安堵した。

ＤＧは非常用の発電機であり、ＥＣＣＳは有事の際に働く、炉心を『冷やす』機械だ。止める、冷やす、閉じ込める。緊急時のプロセスは、問題なく順調に進んでいた。

＊

「スクラムしたか？」

「はい！　稼働中の1号、2号、3号、すべて緊急停止しました！」

「よし、本店に連絡しろ！　それから、死傷者がいないか確認しろ、いいな！」

昨年7月に竣工したばかりの免震重要棟2階にある緊急時対策室、通称「緊対」に、復旧班長の樋口伸行が赴いたとき、すでに『本部長』のベストを着た吉田所長は、皆に唾を飛ばして指示を出していた。

緊対は広く、いつもは閑散とした部屋だ。だが、今は多くの人々が詰めている。中央に幹部が座る円卓があり、その周囲を『復旧班』『発電班』『技術班』『医療班』『保安班』など、それぞれの役割に応じた島が囲む。円卓の背後には、東京本社すなわち本店とのテレビ会議を行うための巨大なディスプレイがあり、今は地震のニュース映像が流されていた。

アナウンサーの緊迫した声を聴きながら、樋口が急いで『復旧班長』のベストを着ていると、

「遅いぞ樋口！」と、吉田が怒鳴った。

樋口より2年先に入社した吉田は、怖くもあり、優しくもあり、尊敬できる先輩だ。

「すみません！」大声で謝りながら、樋口もさっそくプラントの状況把握に入った。

これが未曾有(みぞう)の地震だということはわかっていた。プラントにも被害が出ているだろう。基本的に頑丈な施設ばかりだが、無傷というわけにもいくまい。その箇所が原子炉にとって致命的な施設ではないことを祈るが——。

「報告！　震度6強です！」誰かが、裏返った声を発した。

反射的に、ディスプレイを振り返る。

右下に、点滅する赤と黄色の線で縁取られた日本地図が表示されていた。

「津波が、来るな」吉田が、眉間(みけん)に皺(しわ)を寄せて呟く。

「大丈夫ですよ、原子炉は海抜10メートルありますから」誰かが、答えた。

確かに、原子炉が収められた原子炉建屋、それに隣接するタービン建屋やサービス

建屋など、1Fの主要な建物は有史以降の津波に耐えられるように海抜10メートルの場所に造られている。津波がきても、大丈夫なはずだ。

「………」吉田はほんの一瞬、深く考え込むように俯き、目を細めた。

だが、すぐに顔を上げると、今もなお続々と集まり始めていた面々に向かって、声を張り上げた。

「皆、こういう状況だ。焦るな。しっかりと、ひとつひとつ確認して対応するんだ。いいか、慌てるなよ!」

「はい!」

皆が作業を続けながら、一体となった返事をした。

*

DGが起動してからの喧噪の中、中操にいた西川正輝は、なんだかひとりだけふわふわとした雲の中にいるような気分でいた。

西川はまだ若かった。と言ってももう26、キャリアも7年を超えるのだが、第一運転管理部にいる百戦錬磨のエンジニアの中ではまだまだ見習いだ。

だからかどうかはわからないが、信じられないほど大きな地震が起こり、1号機と

2号機がスクラムし、停電し、DGが起動するという目の前で起こる一連の出来事に対して、なんだか現実感が乏しかった。

一体、皆は何をしているんだろう？　俺も何やってるんだろう？

災害時の訓練通りに動いてはいたが、西川はどこか上の空だったのだ。

その代わり、頭の中では今朝の出来事が思い出されていた。

「……だからね、こんな危ない仕事は、もう辞めてほしいの」

出勤しようとした西川に、ゆかりがそう言った。

広岡（ひろおか）ゆかりは、いわき市のアパートで同棲（どうせい）している2つ下の恋人だ。その彼女は最近、やけに西川に転職を勧めるようになっていた。

理由は『危ない』から。原発のような放射性物質を扱う部署に恋人がいるのが耐えられない、だから他の仕事に就いてほしい、と懇願するのだ。

確かに、彼女が過去どんな経験をしたかを考えれば、そう言いたくなる気持ちもわかる。けれど西川にも、工業高校で優秀な成績を修め、推薦されてこの仕事に就いたのだ、というプライドがあった。放射線ごときで簡単に辞めるわけにはいかない。

辞めて。辞めない。堂々巡りの口論は、日増しに多くなっていた。

ただ、今朝のゆかりはやけにしつこかった。「辞めてくれなければ、もう付き合いを考え直す」とまで言い出した。だから西川も、思わずかっとなり、玄関口で怒鳴ってしまったのだ。

「うるさいな！　ほっといてくれ。お前の顔なんかもう、二度と見たくないよ！」

——なんで今朝、あんなこと言っちゃったんだろうなあ。

あいつ、地震で無事かなあ。もし何かあれば、あれが最後の言葉になっちゃうんだ。

それなら、あんなこと言わなきゃよかった。

自分が吐いた暴言に、西川は今さら後悔していた。

「大丈夫かぁ、応援にきたぞ！」

突然、中操に、数人の男たちが入ってきた。

作業管理グループの当直長、大森久夫とその部下たちだった。間もなく還暦、ベテランの中のベテランである大森の加勢に、中操は一気に沸き立った。

「大森さん、ありがとうございます」嬉しそうな顔をした伊崎に、大森は、

「DGは起動したか？」と、福島の訛りで訊いた。

「今のところ順調です」

伊崎が頷いた瞬間、当直長席の電話が鳴った。

すかさず誰かが出て、伊崎に取り次いだ。「当直長、所長からです」

「代わってくれ……はい、伊崎です……うん、大丈夫だ。今のところ問題は……えっ？　津波？」

伊崎の顔色が曇った。

「うん……うん……わかったよ、ありがとう、吉やん」

電話を切ると、伊崎は一同に言った。「大津波警報が出ているそうだ」

津波だって？　大丈夫なのか？　と中操がどよめいた。

西川も一瞬ぎくりとしたが、それでも大丈夫だろうとすぐに思い直す。

このプラントは海抜10メートルの地盤に造られている。それを超えるような津波はまずないと考えられているからだ。津波が来ても、問題はない。それよりも――。

「……吉やん？」って、誰のことだ？

西川が被っていたヘルメットを、先輩が肘で小突いた。「所長と当直長、同い年なんだよ。仲がいいんだ。片や本店、片や現場だがな」

「そうだったんですか」だとすれば所長は随分、砕けた人なんだなぁ。

そう思う西川に、先輩が言った。「気ぃ抜くな西川！　まだ終わってねえぞ。マニュアル、きちんと用意しとけよ」

「はい」西川は返事をしながら、ずれたヘルメットの位置を直した。

＊

そのとき、前田拓実は富岡町の自宅にいた。

当直副長である拓実は、本当なら今ごろ1Fにいる予定だった。だが、たまたま病院での検査と重なり、他の当直副長とシフトを代わってもらっていたのだ。

天地を揺るがすような揺れに、拓実はとっさに、妻と息子の上に覆い被さる。

拓実は48歳、妻のかなは8つ年下だ。結婚が遅く、子供もなかなかできなかったが、5年前、待望の息子、徹が生まれた。

「かな、徹、お父さんの下に!」何よりも大事な家族だ。時計や置物が背中に落ちてくるのに耐えながら、拓実は必死に二人を守った。

揺れが収まると、家の中は変わり果てていた。タンスは倒れ、食器もほとんど割れてしまった。だが幸いなことに、かなにも徹にも怪我はなかった。

だが、ほっとすると同時に、拓実の頭には職場のことが過っていた。

1Fは、どうなってる?

この地震だ。プラントも無事では済むまい。復旧の人手がいるはずだ。だったら——。

「拓実さん、どこに行くの?」

突然ジャンパーを羽織り、出かける支度をし始めた拓実に、かなが不安そうに尋ねた。

拓実は、「かな、ごめん」と謝ると、

「俺、原発に行かなきゃ。きっと皆、大変なことになってる。行かないと」

「……わかった」拓実の職責を十分に理解する妻は、徹を抱いたまま、頷いた。

今、この二人の姿に、ふと拓実の頭にためらいが過る。

二人の二人を置いていって、いいのだろうか？　だが――。

拓実は、玄関に向かった。僕を必要としている場所がある。そこに行かなければ。

「……行ってくるね」

「行ってらっしゃい。気を付けてね」

妻と息子から離れることに後ろ髪を引かれながらも、拓実は、二人の顔をしっかり見つめてから、後ろ手に扉を閉めた。

2011年3月11日15時35分
正門付近　毎時0マイクロシーベルト

工藤康明（くどうやすあき）は、1F敷地の北端、6号機に隣接するDG建屋で点検作業を行っているときに、地震に遭遇した。

初めは小さな揺れだった。2日前にも少し大きめの地震があったから、それと同じようなものかなと思っているうち、揺れはあっという間に天地をひっくり返すほどの衝撃へと膨れ上がっていた。

「地震だぁ！　どっかに摑まれ！」気が付けば、叫んでいた。

だがそう叫ぶ自分自身が立っていられず、すぐに、床に転がされる。

為す術なく這いつくばり、肘の痛みに呻きながらも、しかし工藤は、ずっとプラントのことを考えていた。

1号機から3号機まで、無事か？

51歳の工藤は、当直長という大役を任されている。もちろん、原子力を扱うプラントに万が一のことがあれば、破滅的な結果が待っていることも、嫌と言うほど知っている。

だから、揺れが収まってからしばらくして、目の前にあるDG建屋の発電機が起動したことに心底ほっとした。電源が確保されれば、原子炉は最悪の事態を免れる。

おそらく、中操にいる伊崎たちは、スクラムにも成功したに違いない。

DG建屋内の安全確認をひととおり終えた後、同僚と連れ立ち建屋を出ると、各所の運転員や協力企業の作業員たちも、あちこちで慌ただしく動いているのが目に入った。

うん、この雰囲気なら、致命的なことにはなっていなそうだ。

だとすれば俺ができることは、中操に加勢すること。あいつら大変だろうからな。

そう心に決めた工藤が、中操のあるサービス建屋に向かおうとしたとき、

「あ、ありゃ何だーっ！」

誰かが、絶叫を上げた。

振り向くと、DG建屋の向こう、海側から、何かが迫っているのが見えた。

何だ、ありゃあ？　工藤は目を凝らす——黒い壁？

湧き上がる疑問に、また別の誰かの絶叫が答えた。

「逃げろーっ！　津波だぁー！」

そうか、津波か！　あの地震が引き起こした、大津波か！

だけど、こんなに大きな津波って、あるのか？

そう思ったときには、すでに、黒い壁は工藤の頭上に迫っていた。

はっと気づいた工藤は、反射的に、津波が来るのと反対方向に走り出した。だが、

そんな工藤をあざ笑うかのように、ドドドドドと不気味な唸(うな)りを上げる津波が、工藤とその周囲にいた作業員たちに、容赦なく襲い掛かった。

「うわあっ！」

足を掬(すく)われ、薙(な)ぎ倒された工藤は、そのまま身体の自由を奪われる。

工藤はそのまま、自分を飲み込んだのと同じ濁流が、DG建屋にも猛然と襲い掛かっているのを見ながら、しょっぱい水の中に引きずり込まれていった。

2011年3月11日15時40分
正門付近　毎時0マイクロシーベルト

まず、伊崎の頭上で輝いていた蛍光灯が、フッと消えた。

それを合図にしたかのように、中操の蛍光灯と制御盤のランプが、パタパタと消えていく。まるで壁に貼られていた数多(あまた)の光が、ぽろぽろと崩れ落ちていくようだ。制御盤にある最後の赤ランプが消えるまでには、10秒ほど掛かっただろうか。それでも確実に、すべての明かりとすべてのランプは、消えた。

二百坪ほどの中操の暗闇に、1号機側の淡い非常灯と、腕時計の蛍光塗料が放つ青緑色だけが残った。

同時に、鼓膜が痛くなるほどの静寂が、伊崎たちを襲う。

光が失われたのと同時に、あれほど鳴り続けていたアラームもぱたりと消えたからだ。

「……な、なんだ？」静けさに耐えかね、誰かが言った。

「どうした？」伊崎も、きょろきょろと暗闇を見回した。

伊崎だけではない。きっと誰もが思っていただろう。なぜ明かりが消えた？　今、何が起こっている？

不安と不気味さを纏（まと）いつつ暗闇が緞帳（どんちょう）のように下りた中操。そこに突然、ほとんど見えない制御盤を凝視していた運転員の大声が響いた。

「ディ……DG、トリップ！」

「電源が落ちましたぁ！」

「なんだと！」伊崎は愕然（がくぜん）とした。

非常用のディーゼル発電機（DG）が止まった（トリップ）？　4台とも？　まさか、そんなことがあるのか？

だが、追い打ちを掛けるように、別の運転員たちが、

「1号、エ……SBO！」

「に、2号、SBO！」と、立て続けに現状報告を絶叫した。

SBO。ステーション・ブラックアウトの略。つまり、全交流電源喪失（SBO）。

伊崎は即座に理解した。制御盤はすべて電気でコントロールされている。電源が失われたのだから、照明も制御盤も作動しなくなって当たり前だ。

だが現実は、当たり前の一言では済まされない。地震があり、主電源が落ちた。それをカバーするためにDGが起動した。だが、それも落ちた。さらにバッテリーさえも落ちた。そして、電源が完全に失われた。これから一体、何が起こるのか。

いや、そもそもDGに何が起こったのか。

「なんで、電源が落ちるんだ」

「どうなってる？」

「何があったんだ……」

運転員たちも、口々に疑問を発していた。海千山千の大森ですら、顔の下半分を手で覆ったまま、言葉を失っている。

「わ、わかりません。どうしてこうなっちゃってるんですか……」と、若手の西川も、助けを求めるような顔でおろおろとしていた。

もはや中操だけの問題ではない。伊崎はそう判断すると、中操の端に設置されていた非常時用のホットラインの封を切ると、赤い受話器と、その向こうにある緊対に向かって叫んだ。

「全交流電源、喪失！」

＊

発電班席で突然鳴り出したホットラインの受話器を取った発電班長の野尻庄一は、伊崎の報告に我が耳を疑った。

「なんだって？　非常用電源が……止まった？」

野尻の言葉に、緊対が一瞬、凍り付いた。

非常用電源、つまりDGが止まること。その意味は、第一運転管理部の部長職を預かるベテランの野尻だけでなく、今この場にいるすべての人間が理解できたはずだ。

原子炉はすべて、電気的にコントロールされている。それだけでなく、原子炉の状態も電気的に感知されている。つまり、電気がなければ、原子炉の運動神経も、感覚神経も働かないのだ。

それは目隠しされた上に、舵もスロットルも取れない飛行機のようなものだ。果たして無事に軟着陸させられるのか？　原子炉を安全な状態に保てるのか？

『そうだ。今なんとか原因を調べてる。中操でも頑張ってみるから緊対でも……おい、どうした？』

野尻は、受話器を握ったまま絶句していた。

野尻だけではなく、緊対の人間はすべて手を止め、呆然としている。

ただひとり、吉田だけが猛然と野尻の傍に走り寄り、

「俺に貸せ！」

受話器をひったくるや、「吉田だ！　伊崎、非常用電源が止まったって、どういうことだ！　もっと細かいことはわかんねえのか！」

そのとき、別のホットラインが鳴った。

すぐ傍にいた職員が、受話器を取り上げると、ややあってから裏返った声で叫んだ。

「さ、3号、4号、SBO！」

「なんだと……」

伊崎と繋がったままの受話器を持ちながら、吉田も言葉を失った。

1号機から4号機まで、すべての電源が失われた。

認めたくない現実が、今そこにあった。

だから野尻は、ごくりと唾を飲み込むと、やっと、吉田に進言した。

「所長、これは……『原災法10条』に該当します」

原災法。正式名称を『原子力災害対策特別措置法』という。1999年に発生した東海村JCO臨界事故を契機として作られた法律で、原子力災害が放射能を伴うという特殊性を踏まえ、国民の生命、身体、財産を保護することを目的とする。

この法律の10条には、施設敷地緊急事態として、一定の事象が発生した場合には直ちに主務大臣に通報すべきことを規定する。野尻はかつて、そういうふうに教わっていた。

そのときの野尻は、「まさか、この規定が使われるケースはないだろう」と高をくくっていた。この条文は、万が一のためのものだ。我々は万が一がないように、日々プラントをコントロールしている。だから、そもそも使う機会などあり得ない。

だが、現実は残酷だった。

その機会は今、きてしまった。あり得ないことが起こってしまったのだ。そして、起こってしまったからには否応（いやおう）なく、直ちに動かなければならないことも——。

「所長！」

愕然としたままの吉田に、野尻は叫んだ。

吉田は、はっと我に返ると、本部長席のテレビ会議用マイクのスイッチを入れ、いつも泰然自若とした吉田には珍しい、上ずった声で言った。

「本部、聞こえますか！　1F……全交流電源喪失（ステーション・ブラックアウト）！　原災法10条宣言します！」

＊

真っ暗闇となった中操では、非常用の懐中電灯だけが、信じられる『光』だった。

伊崎たち14人はそれぞれ、制御盤に張り付き、その細い光を計器類に当てながら、今起こっていることを何とかして突き止めようとしていた。

SBOはなぜ起こったのか。その結果、原子炉に何が起こっているのか。

「冷却装置はどうなった？　1号のイソコン、動いてるか？」

伊崎は、暗闇に向かって叫んだ。

1号機も2号機も、原子炉そのものはスクラムし緊急停止が完了した。これによって、とりあえず核燃料の連鎖反応は止まっている。

しかし、これで核燃料の発熱が完全になくなるわけではない。

原子炉に収められた核燃料であるウラン235の原子核は、中性子を当てるとエネルギーを生み出す。原子炉は、この原子核反応を連鎖的に起こすことによりエネルギーを取り出すためのボイラーだ。ただ、連鎖反応がストップしても、核反応そのものは一定割合で勝手に起こる。その割合は僅かだが、中性子を当てなくても、ウランが勝手に核反応を起こし、熱エネルギーが放出されるのだ。

物理学的には『崩壊』と呼ばれる現象である。これにより、原子炉は発生した熱エネルギー、すなわち『崩壊熱』により、自然に温められていくことになる。原子炉は、完全に停止しても自然に熱を発するのだ。

問題は、この自然発熱を放っておくとどうなるか、だ。

微弱ではあっても、崩壊熱は継続的に発生する。時間が経てば崩壊熱により、原子炉内の温度は摂氏何百度、何千度まで上昇していく。当然、原子炉内の水は沸騰し、水蒸気に変わる。これにより原子炉内の圧力が高まり、燃料が溶け、メルトダウンに向かう危険性が生ずる。ともすれば高熱によって原子炉そのものが溶かされてしまうかもしれない。

止める、冷やす、閉じ込める——緊急時プロセスの2つめに『冷やす』があるのは、このためだ。有事の際にまず原子炉を止めることが最優先なのは当然だが、その後は、崩壊熱による温度上昇とそれによってもたらされる原子炉の破壊を抑えるため、確実に原子炉と核燃料を冷やしていくことが要求されるのだ。

この、冷やすための命綱となる装置が、非常用復水器（アイソレーション・コンデンサ）、通称『イソコン』である。

1号機の非常用復水器（IC）のほかに、2号機の原子炉隔離時冷却系（RCIC）など細かい種別があるが、どちらも仕組みは同じ、『水を利用して冷やす』である。もっともシンプルかつ効率的な方法で、古代からある『熱さまし』と、原理は同じだ。

つまり、イソコンが動いてさえいれば、原子炉は冷える。

伊崎が暗闇の中、何よりもまずイソコンの稼働状況を気にしたのは、このためだった。

だが、「……わかりません！」

「原子炉の水位も、圧力も、な、何も確認できません！」

と、ゼロを指したままの計器を懐中電灯で照らしながら、運転員たちが答えた。

「2号はどうだ？　RCICは動いているか？」

「地震の後は動いていましたが、今はわかりません」

伊崎の問い掛けに、また誰かが答えを返した。

こんなときでも皆は機敏だ、と伊崎は思った。だが同時に、だからこそ状況が刻一刻と悪い方へ向かっていることも理解できた。イソコンやRCICが動いているか、あるいは原子炉の中がどのような状況にあるか、これらはすべて電気的センサーで感知している。したがって、電源が落ち、電気がきていない今、センサーは働かない。完全に目隠しをされた状態になっているからだ。

「……冷やさねぇと、大変なことになるぞ」と、大森が呟いた。

わかっている。そんなことは、わかっている。

だが、そもそもなぜこんなことになったのか。状況を確かめる術がないのでは、どうにも手の打ちようがない。

「くそっ、何がどうなってるんだ……」

当直長席の机を拳で叩き、苛立ちをぶつけながら、伊崎は呻くように言った。

そのとき、中操のドアがバンと開いた。

二人の男が、つんのめるように転がり込んできた。

息を切らせながら、ずぶ濡れの身体を起こす。その顔に懐中電灯の光を当てて初めて、それが工藤たちであるとわかった。

「工藤、お前どうしたんだぁ」大森が問う。しかし工藤は、

「やばい、やばいです！」とパニックを起こしたように、中操の男たちの顔を見回した。

工藤の前にゆっくりと座ると、伊崎は、宥めるように言った。

「落ち着け、工藤。一体、何があった？」

工藤は一度、ごくりと唾を飲み込むと、一拍を置いて、

「つ……津波！　津波です！」

「……津波？」

「そ、そうです！　この建屋にも、か、海水が入ってきています！」

原子炉建屋に、海水だと――？

その瞬間、伊崎は理解した。

地震による巨大な津波。その津波が1Fを襲い、原子炉建屋を水没させる。同じ海抜に建てられたDG建屋も水没しただろう。だとすれば当然、非常用発電機はおじゃ

んになる。機能を停止する。つまり、電源が、止まる。

「SBOは、それでか……」伊崎は、唸（うな）った。

原因は津波だ。それで説明できる。しかし、説明できても納得はできなかった。

原子炉建屋もDG建屋も海抜10メートルの高さに造られている。その高さを超える津波が襲い掛かってきたなど、あり得ない！

だが、そのあり得ないことが、現に起こった。

だとすれば、これからもあり得ないことが起きてくるだろう。訓練もしていない、マニュアルにも書いていない出来事が、俺たちに襲い掛かってくる――。

「お前、津波に巻き込まれたのかぁ。誰か、タオル持ってこい！」と、大森が叫んだ。

戦慄（せんりつ）とともに、伊崎は、ホットラインの受話器を摑（つか）んだ。

*

「所長！　津波でした！」

ホットラインの向こうにいる伊崎の説明を聞きながら、樋口は大声を上げた。

樋口の報告に、緊対がどよめいた。本部長席にいた吉田も立ち上がると、

「信じられん、津波が、原子炉（リアクター）まで来たっていうのか？」と、愕然（がくぜん）として言った。

「想定外の大津波です。中操も今、真っ暗で、計器も何も見えないそうです」

「だから、電気が落ちたのか」

険しい顔でしばし考え込んでから、吉田は続けた。

「とにかく今は電源だ。本店に電源車を要請してくれ！」

「了解です」

「あ、ちょい待て」

指示を受けるや本店に連絡を取ろうとした樋口を、吉田は呼び止めると、数秒の間を置いてから、

「……消防車だ。消防車もすぐ手配しろ」

「えっ、消防車ですか？」

そんなもの、火が出ているわけでもないのに、何に使うのか？

首を捻った樋口を、吉田は「馬鹿野郎！」と一喝した。

「わかんねえのか、冷やすんだよ、原子炉を！　ポンプを動かす電源がねえんだぞ、代わりに消防車を使って水を入れるしかないだろが」

「あっ！」

「構内に三台あったはずだ。今すぐ手配するんだ！」

「了解です！」

即座に身体を動かしながら、樋口は、先刻の伊崎の報告を思い出していた。

『津波だ。DGが沈んで電源が落ちた。とにかく今は早く原子炉を冷やさないといけない。方法は緊対でも考えてくれ』

原子炉を冷やす。緊対の吉田も、中操の伊崎も、同じことを発想していたのだ。

もちろん、これは偶然ではないだろう。百戦錬磨のプラントエンジニアである二人だからこそ、同じ結論に辿り着くのは当たり前だ。

あるいは、感傷的かもしれないが、これが『絆』というものかもしれないな、と樋口は思った。同い年であり、本店と現場という立場を超えて一緒に仕事をしてきた吉田と伊崎だからこそ、心の奥底で繋がっているのだ。そう思えばこそ樋口は、この修羅場における二人の存在に心強さとありがたさを覚えた。

だが、現場担当者からの報告に、樋口のそんな気持ちは打ちのめされた。

「消防車のうち二台が、津波にやられて使えません！」

「本当か？」愕然とした樋口の横で、吉田が、険しい声で問うた。

「もう一台はどうなってる」

「無事だそうです。で、でも」

「でも、なんだ」

「瓦礫が散乱していて、移動させるのが難しく……」

「難しくてもやれ！」

吉田が、緊対中に響く大声で怒鳴った。「瓦礫が邪魔ならどけろ！　人が要るなら駆り出せ！　ないものねだりしたってどうしようもねえんだ。知恵を使えよ、できることをやれ、諦めるな！」

「は、はい！」

吉田の一喝に、担当者が緊対を飛び出して行った。

樋口は、ややあってから吉田に言った。「消防車一台じゃ、とても足りません」

「ゼロよりゃマシだろ」

「そりゃ、そうですが……」

「わかってるよ樋口。……本店を通じて、自衛隊に消防車を要請してくれ」

「了解です」樋口は、本店に繋がる電話を取った。

吉田が、フー、と長い溜息を吐いた。

＊

中操の机には、どこかから持ち出された図面、緊急時マニュアル、そして懐中電灯やヘッドライトの類が所狭しと並べられていた。

津波により電源が失われ、また原子炉建屋も津波に襲われた。冷却機能が失われ、原子炉がどのような状態にあるのか把握もできずにいる。まさしく五里霧中と言うべき状況の中、西川は、不安に押し潰されそうになっていた。

これは、夢だ。そうであってくれ。

何度もそう願い、目を閉じる。だがその願いも空しく、西川は、先輩たちが動き回る気配や、飛び回る蝿のような懐中電灯の光、制御盤が発する機械特有の臭い、何より、時折不気味な音とともに突き上げてくる余震によって、すぐ現実に引き戻された。

何度目かの余震が過ぎ去った後、不意に、それまでずっと考え込んでいた伊崎が、すっと立ち上がった。

「……皆、ちょっと聞いてくれ」

男たちが会話を止め、当直長に向き直る。

何条もの光に照らされながら、伊崎は、神妙な声色で言った。

「これから、原子炉建屋に入ろうと思う」

全員が、息を止めた。西川も、自分の心臓がドクンと脈打つ音を聞いた気がした。

原子炉建屋に入る。言うまでもなくそれは、制御盤では見ることができなくなった原子炉の状態を直接確かめ、または修繕していこうという意思表示である。

唾を飲み込むのもためらわれる静けさの中、伊崎は続けた。

「原子炉の中で何が起こっているかわからない状況だ。俺たちにも何が起こるかわからない。だから、改めて、現場へ行くときのルールを徹底しておきたい」

ひとつ間を置くと、伊崎は続けた。「現場に向かうときは必ずペアで行動すること。それをまず第一に守ってもらう。もし、1時間経っても帰ってこなければ、救出に向かう。たとえ目的の場所に着かなくても、1時間を超えるようならその時点で戻れ。それから、出入りの時間をホワイトボードに書き込むこと。……いいな！」

「了解！」一同が、ほぼ同時に返事をした。

西川も返事をすると、心の中でルールを反芻した。

1、必ずペアで行動する。

2、1時間経ったら帰ってくる。

3、出発した時刻と戻ってきた時刻を、ホワイトボードに書く――。

「1号は慎重にな。アメリカ製で手が掛かるぞぉ」

大森が軽口を叩いた。親しみのある地元の訛りが、少しだけ雰囲気を和らげた。

だが伊崎は、あくまでも真剣な表情のままで続けた。

「電源が復旧しなければ、いずれ原子炉内の水は干上がり、空焚きになる。そうなったら燃料が溶け出し、炉心溶融を起こすのは時間の問題だ。放射能が撒き散らされれば、俺も皆も被曝して一巻の終わりになる」

「メ、メルトダウン……」西川は、冷水を浴びせられたような気分になった。

核燃料は放射性物質であり、剝き出しで扱えば確実に被曝する。だからこそ、圧力容器、格納容器といった二重、三重の防護によって、放射線を防いでいる。

だが、このまま放っておけば、核燃料は崩壊熱によって摂氏何千度にもなる。やがて溶け落ち、容器を突き破り、外に出てきてしまう。

それが、炉心溶融。メルトダウンだ。至近にいる西川もまた、大量の放射線に曝露し、決して無事では済まないだろう——。

「だから、水を入れて冷やすんだ！」

伊崎の声に、西川ははっと我に返った。

「そのためにまず、原子炉建屋内の消火用配管ラインのバルブを開ける必要がある。水の通り道を作るんだ。水が通れば、炉心を冷やせるからな。開けなければならないバルブは5つだ……」伊崎が、バルブ番号を口にしながら、図面を指差した。

先輩たちが、素早くそのバルブ番号をメモする。西川も倣って、手元のメモに番号を書き留めようとした。

だが、書けなかった。手がブルブルと震えてしまったからだ。

西川は想像してしまった。開けなければならないバルブが5つもある。つまり、その数の分だけ、誰かがリスクを負わなければならないのだ。何が起こってもおかしくない原子炉のすぐ傍に、誰かが行かなければならないのだ。

西川の背筋を、冷たい汗がツーッと滴り落ちた。

2011年3月11日17時19分
正門付近　毎時0マイクロシーベルト

「なんでそんなことになってるんだ！」

首相は、激昂した。

東北地方に襲いかかった未曾有の大地震。加えて、津波による壊滅的被害。次々ともたらされる耳を疑うような報告。こんな緊急事態だからこそ、他でもない自分がまず冷静にならなければ。それはわかっていても、さすがにその報せには、こみ上げる感情を抑えることができなかった。

――福島第一原発が、津波に襲われ全電源を喪失、冷却機能を失っている。

昨年秋、首相は原子力総合防災訓練に参加していた。静岡の原発で冷却装置が故障し、放射性物質が放出されるおそれあり。そんな設定で行われた訓練は、予定調和のものではあったが、事前の説明もきちんとなされていた。

津波により、冷却機能が失われるおそれがあります。もし冷却機能が失われれば、原子炉がメルトダウンし、放射性物質が溢れ出します。そうならないために、海岸沿いの原発は津波対策をきちんと取っています。だから、大丈夫なのです。

そう、大丈夫だと担当者は言っていたはずだ。それなのに――。

「一体、津波対策はどうなってたんだ！」

報告に来た原子力安全・保安院院長を、首相は怒鳴りつけた。

院長は恐縮しながら、「それが、その、想定外の大津波が襲ってきたもので……」

「冷やせなきゃ原子炉は空焚きだ、暴走するぞ？　放射能が出ちゃうだろうが！　もっと細かい情報が下から上がってきてないのか！」

「そのう、すみません、まだ、何も……」院長は、これ以上ないほど身体を竦めた。

頼りにならないと思いつつ、首相は問うた。「何か、手はないのか」

「それは今、色々と対策を練っているところで」

「どんな対策だ？　言ってみろ」

院長に詰め寄る。「俺にわかるように、きちんと説明しろ。君は担当庁のトップだ。原発を管轄する立場にあるんだぞ」

「ええと……私には、そのう」

院長は、気まずそうに目を逸らすと、「技術的なことは……あの、私、経済学部を出ているもので……」

「お前、文系なのか」

「はい」

「………」

原発のことが何もわからない男を、トップに据えたのか。日本全国の原発の安全を担う役所のトップに――。

いつもなら「馬鹿野郎、ふざけるな！」と罵声を飛ばしていたところだろう。

だが首相は、もはや怒鳴る気にすらなれず、ただ呆れ果てるしかなかった。

＊

大森は、驚いていた。

よく見知ったはずの松の廊下が、初めて訪れる場所のように感じられたからだ。

原子炉建屋とタービン建屋を結ぶ地下通路、通称『松の廊下』は、長さが50メートルはある長い通路だ。1Fで仕事をしていれば日常的に通る廊下であり、大森自身もこれまで何千回、いや何万回と往復している、見慣れた場所である。

それが、今はまるで別物に思えた。

懐中電灯の光を当てれば、見覚えはある。しかし、それは明らかに大森の知っている場所ではなかった。

暗いせいだろうか。それとも、放射線の恐怖によるものか。

いつメルトダウンが起きてもおかしくない現状が、俺をして怯(おび)えさせているのか。

「へっ、ろぐなもんでねぇな」大森は、全面マスクの奥でわざと冗談めかして呟(つぶや)いた。

そして、恐怖心を押し殺しながら、ペアを組んだ、一回り年下の当直副長とともに、松の廊下を進んでいった。

5つのバルブを誰が開けに行くか。大森はこの仕事に、真っ先に志願した。

理由は単純、放っておけば責任感の強い伊崎が「俺が行く」と言い出しかねなかったからだ。伊崎は地震が起きたときから中操にいる当直長であり、指揮官だ。あいつに線量を食らわせるわけにはいかない。それでなくとも大森は、中操にいる人間の中では最も年長だ。もし危険を冒すなら俺しかいないと、初めから思っていたのだ。

手を挙げた大森に続いて、当直副長も手を挙げた。こうして、自然とこの二人が『突入部隊』となった。

いつもなら空調の音が聞こえる通路が、不気味な静寂に包まれている。そのせいか、歩くたびにカサカサとタイベックが擦(こす)れる音がやけに耳につく。

タイベックは、不織布で作られた使い捨ての全身防護衣だ。防護するとは言っても、あくまで表面汚染を防ぐためのもので、ガンマ線など透過性の高い放射線は防げない。

胸につけた、タバコの箱ほどの大きさの個人線量計（APD）が、小刻みにピッ、ピッと鳴っている。大森が受けた放射線量を逐一記録する電子機器だ。無機質な電子音に、ふと大森は想像する。俺は今、どれだけの線量を食らっているだろうか――。

「くそっ、後だ後！」

できるだけ余計なことを考えないようにしながら、大森は、松の廊下を早足で進んだ。

突き当たりの重い二重扉を開けると、バルブのある原子炉建屋へと足を踏み入れる。やはり、真っ暗だった。だが、松の廊下と異なり、少し空間の広がりを感じた。すぐ目の前に、原子炉を収める格納容器があるからだろうか。

「かなり線量が高いです」背後で、放射能測定器（サーベイメータ）を手に当直副長が言った。

メータの針はきっと、この場所の空間線量を示しながら、ゆらゆらと揺れているのだろう。一体何マイクロ、いや何ミリあるのだろう。もしかするととんでもない数字を叩（たた）き出して――。

くそっ、また想像しちまった。当直副長（こいつ）め、余計なこと言いやがって。

大森は心の中で毒づき、恐怖心を振り切ると、左手のゴム手袋の甲を見た。

『365、……、25A』

大森たちが開けるべき5つのバルブの番号が、油性ペンで書かれていた。

プラントの配管は把握している。バルブの場所も頭の中に叩き込んだ。だが「それが本当に開けるべきバルブか」は、必ずチェックしなければいけない。

水の通り道を作るんだ。水が通れば、炉心を冷やせるからな――伊崎の言葉が蘇る。

右側の階段を下りていくと、ひとつめのバルブを見つけた。

「あったぞ！」バルブは図面どおり、両脇を配管に囲まれた窮屈な場所にあった。

身体を屈めて、番号を確認する。「……『365』！　間違いねぇ」

大森はバルブの奥にある手動操作切換レバーを上げると、人間の頭ほどある大きさの丸ハンドルを両手で持ち、力を込めた。

鈍い手応えとともに、ハンドルが左に回り出す。

「10……20……」当直副長が、バルブの横にある開度計の蓋を開けて目盛りを読む。

少しずつ、しかし確実に、大森はなおもハンドルを回す。

「……80……90……100！　弁番号365、開した！」

「弁番号365、開、了解！　次ぃ！」

当直副長に復唱するや、大森はすぐさま梯子を下り、次のバルブへと向かった。

作業は、時間との闘いだった。

いつメルトダウンするかもしれないという制約に、伊崎が課した『1時間』ルールもある。何よりこれだけの線量がある環境に身を置くのは、短時間であるに越したことはない。

もっとも、だからといって作業そのものをおろそかにするわけにはいかない。せっかく危険を冒しても、肝心のバルブが開けられなければ元も子もないからだ。

確実さと、手早さ。今はどちらも求められている。

手袋の甲を見ながら、大森たちは2つめ、3つめ、4つめのバルブを開けていった。全面マスクの奥に汗が滴り、鼻を伝う。痒みを感じるが、マスクは外せない。外せば放射性物質を経口摂取する可能性がある。放射線を浴びることによる外部被曝も怖いが、身体の内側から被曝する内部被曝の方が、もっと怖いのだ。

大森は足早に、最後の目的地へと向かった。

架台の上の高い位置にあるそのバルブの丸ハンドルは、直径60センチはある巨大なもので、かつ今までで最も原子炉に近い場所にあった。

大森は、梯子を上ると、バルブ番号を確認した。「……『25A』、これだ！」

早速ラッチレバーを上げると、手を伸ばしてハンドルを両手で握り、左に回そうとした。だが、

「むっ……」思わず、唸った。ハンドルが異様に重い。

当然だ。大プラントの大本の配管を仕切る弁が、そう簡単に開くわけがない。

「負けねぇぞ、こん畜生が」罵(ののし)りながら、大森は全身を使って力を込めた。

「5……10……」当直副長が、開度計の目盛りを読み始める。

少しずつだが、バルブは回っている。大森はなおも力を込める。

「45……50……55……」

こめかみに血が集まる。食いしばった歯がギリギリと音を立てる。そして――。

「90……95……100！　弁番号25A、開(かい)した！」

「弁番号25A、開、了解！　やった、これで水を入れられるぞぉ！」

大森は歓喜の声を上げた。

バルブは遂(つい)に、大森の気力に屈したのだった。

5つのバルブを開けた大森たちは、速やかに中操へと戻ると、伊崎にバルブ開の成功を報告した。

「ありがとう！　ありがとう大森さん！」

全身びしょ濡(ぬ)れ、マスクを外せばそこから滴り落ちる、そんな汗だくの二人に、伊崎は、地震があってから初めての笑顔を見せた。

だがその笑顔も、当直副長の報告にすぐ凍りつく。

「線量は二重扉付近で1・2ミリありました」

「そんなにあるのか」伊崎が、愕然(がくぜん)として言った。

そんなにあったのか、と大森も思った。サーベイが毎時で1・2ミリシーベルトというのは、尋常ではない放射線量だったからだ。

Sv（シーベルト）は放射線量、つまり放射線によりどれくらいの影響があるか、または被曝によりどれくらい人体が影響を受けたかを表す単位だ。

実効線量で500ミリシーベルトを被曝すると、人体は血中リンパ球の減少のような影響が出始めると言われている。これを踏まえ、原発で働く者については、年間50ミリシーベルト以下、5年間で100ミリシーベルト以下の実効線量でなければならないと法令で定められている。社内基準ではさらに低く、年間20ミリシーベルトが上限だ。

もっとも、そういった定めがあっても、運転員がこれまで被曝したことのある実効線量は、1年で高々1ミリシーベルトを少し超える程度だったのだ。

その1年間分を、たった1時間の作業で食らってしまうほどの線量。

何かが起こっているかもしれないという危惧（きぐ）は、すでに何かが起こっている、という確信に変わっていた。

大森は、伊崎に言った。「……もう、水位が燃料上端（TAF）を切ってんでねぇか？」

核燃料は常に水の中にある。その水位が燃料の上端を切ったということは、燃料の上端が露出し、溶融が始まっている可能性があるということ、さらには放射性物質を含んだ水蒸気がどこからか外部に漏れ出しているということを意味する。

伊崎は、深く考え込むように顎を引いた後、速やかにホットラインの受話器を取った。

「1号建屋内、毎時1・2ミリシーベルト。1号機で何らかの異常が起きていると想定されます」

＊

「1号建屋内、毎時1・2ミリシーベルト！　線量、上昇しています！」

緊対の吉田に、怪我人の状況報告を終えた真理は、背後で唐突に上がった野尻の大声に、思わず身体を竦めた。

野尻の報告に、吉田は立ち上がると、

「1号原子炉への入域を一旦禁止しろ！」と、即座に指示を出した。

ゆっくりと本部長席に腰掛けると、吉田は顔を曇らせ、呟いた。「1号機で、何かが起こってる……」

技術的なことは、事務方の真理にはよくわからない。だが、1Fでこれまでになかった深刻な事態が起こっていることだけはよくわかった。何しろ真理は見たことがなかったのだ。いつも冷静な野尻があんな大きな声を出すところも、いつも笑っている吉田がこんな深刻そうな顔をするところも。

「そうだ野尻、電源車はどうした？　ヘリで空輸する手筈だろ！」

苛立った口調で、吉田が訊いた。

「今、やってます！」

野尻が裏返った声を返すや、吉田は、

「スピード！」と、机を掌でバンバンと叩いた。

＊

家の中に、しんしんと寒さが染み入ってきていた。

地震の後、伊崎家はすぐに停電した。明かりもテレビも、もちろんエアコンも消えた。

外は3月とはいえまだ厳しい寒さが続いていた。遙香は石油ストーブを居間に持ち込み、母と祖父と、3人で暖を取りながらラジオを聞いていた。

まず飛び込んできたのは『浜通り、震度6強』『マグニチュード8・8』という、地震に関する情報だった。

ただの揺れではないと思っていたが、まさか、それほど大きなものだったとは。

地震で散らかった居間を片付ける間もなく飛び込んできたのは、『大津波警報』だった。大丈夫かな。ドキリとしたが、遥香は思い直す。伊崎家は海岸からかなり離れていて、高台にある。原発も、津波対策は万全だろうから大丈夫なはず——。

だが、日が暮れてローソクに火を灯(とも)した後、午後7時過ぎに入ってきたニュースには、耳を疑った。

「……どういうこと、おじいちゃん？」

首相官邸での記者会見。官房長官が伝えた福島第一原発に関する不穏な宣言に、遥香は思わず祖父を見た。

かつて、福島第一原発の建設に携わった祖父だ。何かを知っていると思ったのだ。

だが祖父は、剣呑(けんのん)な眼差(まなざ)しで、

「『原子力緊急事態宣言』か……」と独り言のように呟いたきり、黙り込んでしまった。

不意に、遥香は嫌な寒さを覚えた。

祖父はきっと、この宣言の意味を理解している。その上で、何も言えなくなっている。おそらく、のっぴきならない事態が発生しているのだ。父が働くあの福島第一原発で。

「お父さんなら大丈夫よ。何十年もやってるんだから」

母が、遙香を慮るように言った。

「そうだよね」遙香はわざと、口角を上げて答えた。

父なら大丈夫だ。長くあの仕事をしているのだし、何十年に一度の出来事くらい、きっと笑いながらでも対応してしまうだろう。でも──。

もし、百年、千年に一度の出来事が起きたとしたら？

「…………」

ローソクの炎が、身震いをするように揺れた。

遙香の不安は、ちっとも拭えなかった。

2011年3月12日0時頃
正門付近 毎時0・06マイクロシーベルト

「電源車はまだこねえか！」

吉田が、マイクに向かって怒鳴っていた。

日付を跨いで行われていた本店とのテレビ会議、プラズマディスプレイの向こうには、東京銀座にある東電本店に設置された、緊急時対策本部の様子が映っていた。中央には、常務取締役である小野寺秀樹の姿が見える。

本来、本部のトップは社長であるべきだ。だが社長は11日から関西に出張していて不在らしく、そのため小野寺が代行として緊急時対策本部長を務めていたのだ。

吉田は、上長に当たる小野寺に臆することなく、激しく嚙みついた。

「電源がないと現場は計器も見られないんだぞ？　一体いつになったら届くんだ！」

その剣幕は、横にいた樋口からも、吉田が飛ばす唾の飛沫が見えたほどだった。

しかし小野寺は、「えー、それは今、そちらに向かっているかと」

「向かってたって着かなきゃ意味ねえんだよ！　蕎麦屋の出前じゃねえんだぞ！　あとヨウ素剤の件はどうなった？」

「………」小野寺が黙り込む。

「はっきりしてくれ！」

無駄な沈黙に、吉田が憤りを露わにした。「ヨウ素剤は飲んでいいのか？　ダメなのか？」

だが、ディスプレイの向こうにいる小野寺は、左右の幹部とコソコソと何かを話してから、無表情のまま、「先ほども言いましたけれど、原子力安全委員会で決められているとおり、若い人は飲んでください。40歳以上の者は飲む必要はありま……」

「だから、それがおかしいってさっきから言ってるんだ！」

バン！　と、小野寺の語尾を待たず、吉田は机に拳を叩きつけた。「皆、現場に行くんだぞ？　なんで飲む奴と飲まない奴が出るんだよ！」

あくまでも無表情を貫きながら、小野寺は両隣とまたコソコソ話を始めた。

悠長な東京の幹部たちに、吉田は、眉を吊り上げる。「あのな、線量がどんどん上がってるんだ。このままだと建屋に近づけなくなる。放射線を浴びるのは現場の人間なんだよ。こっちは身体張ってんだ！　はっきりしてください！」

安定ヨウ素剤は、特に原子力災害時に有効とされる、放射線障害の予防薬だ。

原子力災害が起こると、多くの放射性物質が大気中に撒き散らされる。その多くは、ヨウ素やセシウムなど、ウラン２３５の核分裂により生成した放射性物質だ。中でもヨウ素１３１は、呼吸によって体内に取り込まれると甲状腺に滞留し、そこから多くの放射線を内部被曝することで、甲状腺障害を引き起こすことが知られている。

これを防ぐため、あらかじめ安定ヨウ素剤を飲んでおく。安定ヨウ素剤は、放射線を発しないヨウ素だ。先に飲んでおけば、甲状腺に安定ヨウ素が蓄積され、その後、もし放射性のヨウ素を吸引したとしても置き換わることはなく、結果として、放射性ヨウ素による内部被曝を軽減することができる。

一方、一定の年齢以上の者は飲まなくてよいとする判断にも、実は一理ある。ヨウ素剤の効力は年齢が上がるほど弱まることが知られているからだ。とはいえ、放射線被曝の可能性がある現場において、飲む者と飲まない者の差が生まれることは看過できない。だから吉田は強く進言したのだ。40歳以上の者も飲むべきだ、と。

にもかかわらず、本店はそれを渋った。なぜか？

理由は単純だ。飲んでよいとする根拠がないからだ。

原子力安全委員会は、40歳以上は飲まなくていいと言っているらしい。これに反してヨウ素剤を飲ませた結果、もし万が一のことがあったら誰が責任を取るのか？　本部に居並ぶ幹部たちは、それを恐れているのだ。

だから樋口は、ほとほと呆れた。ディスプレイのあちらとこちらで、なんという温度差があるのか。片や危険な場所で一分一秒を惜しみ作業に当たっている。片や責任問題を恐れていつまでも答えを寄越さないとは。

「えー、吉田所長。少し時間をください。安全委員会に問い合わせて……」

「待ってらんねえよ、そんなことも決められないのか、本店は！」

怒り心頭の吉田が、また咆哮した。

直後、復旧班が報告した。「所長、電源車が到着しました！」

「やっとか、待ってたぞ！」吉田が笑顔を見せた。

しかし、報告した作業員が、躊躇いながら顔を伏せた。「それが、その……」

「どうした？　何か、あったのか」

「……使えないんです」

「使えない？　どういうことだ」

眉間に深い谷間を作った吉田に、作業員は泣きそうな顔で、

「電圧が、違うんです。やってきたのは低電圧の電源車でした。でもこっちが欲しいのは、高電圧の電源車で……」

「クソッ！」

報告を聞いた吉田は、真っ赤な顔で立ち上がると、打ち合わせ用のテーブルを蹴り倒した。

「本店は一体、何をやってるんだ！」

＊

すべてが、手探りだった。

明かりもなく、電気もない。手工具や懐中電灯はあっても、それ以上の道具はない。パソコンも消えている。目の前に聳え立つ制御盤も、こうなってしまえばただの『鉄の箱』だ。

何もできない。それが現実だった。だが、諦めるわけにもいかない。

俺たちがここで、ぎりぎりまで踏みとどまれるかどうか。伊崎には、それができるか否かで、運命も決まるように思えたからだ。

それに、まだ万策尽きたわけでもなかった。

例えば、手元だ。照明が落ちた中にあって、伊崎の机は明るく照らされていた。空いていたバッテリーを見つけてきて卓上蛍光灯に繋ぎ、光を確保できたのだ。

知恵を使えよ。まだできることはあるだろう？　どこかで誰かが伊崎にそう言った気がした。

「当直長、持ってきました！」

外に出ていた運転員たちが、ぞろぞろと中操に駆け込んできた。

伊崎は立ち上がると、「そうか、すぐ取り掛かってくれ」

「わかりました！」と元気に返事をすると、運転員たちはさっそく作業を始める。

彼らが手にしているのは、何十本ものケーブルの束と、サービス建屋前の駐車場に停められていた車から外してきたバッテリーだ。彼らはそれらを床に並べると、手早くケーブルで繋いでいった。

乗用車のバッテリー電圧12ボルト。それを直列に10個接続すれば、単純計算で120ボルトになる。中には弱くなったバッテリーもあるかもしれないが、制御盤の計器類を動かすのに必要な100ボルトの電圧は十分に確保できる。

全員、腕利きのエンジニアでもある。作業はものの10分で完了した。

「そんじゃ、いくぞ」

全員が息を飲む中、大森が、制御盤に最後のケーブルを繋げた。

計器を、全員が凝視する。

「おっ、きたぞ！」

「きたきた！　当直長、格納容器の圧力計が回復しましたぁ！」

皆が歓喜のどよめきを上げた。

核燃料は頑丈な金属で作られた圧力容器の中に収められている。圧力容器は、もし内圧が高くなり過ぎたときには、爆発を防ぐため、圧力をあえて外に『逃がす』仕組みが設けられていた。

その圧力を受け止めるのが、圧力容器のさらに外側を包む格納容器だ。

電源をつなぐことで読み取れるようになったのは、この格納容器内の圧力だった。

まだ読めない計器は山ほどあったが、それでも、まったく『目が見えない』状態からは一歩、脱したことになる。

まさしく、大きな進展だった。

ほら見ろ！　知恵を使えば、まだやれることはあるんだ。伊崎は笑みを浮かべながら、「いくつだ?」と、訊いた。

圧力計を読んだ西川が、青い顔で振り返った。

「当直長、ろ……600キロパスカルです」

「600だと?」伊崎は思わず、顔を顰めた。

キロパスカルは、圧力の単位だ。100キロパスカルが大体1気圧に相当する。

つまり格納容器の内側は現在、6気圧まで上昇していることになる。

家庭用の圧力釜で2気圧強だから、その3倍近い圧力が掛かっている計算だ。もちろん圧力容器から格納容器に圧力を『逃がした』場合に備えて、格納容器自体も、それなりの内圧には耐えられるように造られているが——。

伊崎は問うた。「設計限度圧力、いくつだ」

「427キロパスカルです」すぐさま工藤が、答えた。

大森が、ややあってから続けた。「1・5倍かぁ。こんな状態じゃあ、いつ格納容器が壊れても、不思議じゃねぇな」

「………」伊崎は、沈黙した。

大森の言葉が脅しではないことは、すぐに理解できた。

容器の設計には『安全率』が考慮される。したがって、設計限度圧力を超えてもすぐ壊れるわけではない。しかし、それはあくまでも『通常時』の話だ。もし炉心溶融が起きているならば、温度が異常に上がっていて、容器の強度が低下する。加えて、地震による影響も未知数だ。どこをどう切り取っても『尋常ではない』今、格納容器が、設計通りの強度を保つことができる保証は、どこにもないのだ。

そもそも、まだ圧力が上がるなら、今は大丈夫でも、いずれ格納容器は壊れる。

つまり、大爆発だ。内部にある放射性物質が大量に放出され、一巻の終わりだ。

それだけは防ぎたい。そのために、どうすればいい？

――10秒間、じっくり考えてから、伊崎は結論を呟いた。

「……ベントしかねえのか」

ベント。その言葉に、中操の全員がはっと息を飲んだのがわかった。

プラントエンジニアであれば、ベントが何を意味するのかは明らかだからだ。

だがベントは、これまで実施の前例のない操作だ。しかも、実行するとなればそれ相応の覚悟が伴うことになる。なぜなら、あらゆる電源が途絶し、原子炉をコントロールできない今、ベントは手動で行うしかないからだ。

それでも、もはや解決方法がそれしかないのは明らかだった。

伊崎はひとつ息を吐いてから、ホットラインの受話機を取り上げると、

「吉やんか？……1号、格納容器圧力、600キロパスカルだ」

『600キロパスカル、だと……』

吉田と、緊対中が絶句しているのが、受話器越しにも伝わってきた。

だが吉田は、数秒の沈黙を経て、伊崎に冷静に指示を出した。

『わかった。1号の圧を下げよう、ベントの準備だ』

「……了解」

やはり吉田も、同じ結論に至ったか。思わず口角を上げた伊崎に、吉田は、

『炉心はいつまでもつ？』

端的な質問。伊崎は、少し考えてから、

「はっきりとしたことは言えない。だが、明け方までもってくれれば御の字か」

『……わかった』

また連絡する、と言うと吉田はホットラインを切った。

伊崎も受話器をそっと置きながら、思った。

明け方。それですら希望的観測だ。格納容器にいつ何があってももうおかしくはない。

「俺たちが、やるしかねえ」伊崎は、目の前で手を組むと、覚悟とともに小さく呟いた。

＊

「ベントをやる必要があります」

首相官邸の2階、危機管理センターの会議室で、原子力安全委員会の委員長である真鍋直樹はそう断言した。

目の前には、日本の中枢が並んでいる。首相、官房長官、経済産業大臣、原子力安全・保安院院長、その他の政治家たちや高級官僚たち。その威嚇しているようでありながら、縋っているようにも見える視線が集中するのを感じつつ、真鍋は、繰り返した。

「とにかく、ベントをやらなければいけません。そうしなければ、終わりです」

終わり。真鍋は、その単語を強調した。

なぜならば、ベントこそが、原子力の専門家である真鍋が到達した、今やらなければならないたったひとつの『方策』だったからだ。

——非常用復水器が働いていない。

その情報を耳にしたとき、思わず椅子から転げ落ちそうになるほど狼狽した。

福島第一原発で原子力事故が起こっている。その一報があっても、真鍋はまだ楽観的だった。原子炉はスクラムしたらしいから、あとは冷やせばいい。この点、イソコンは動くだろうし、電池がもつ間に交流電源も復旧できるだろう。深刻な事態にはならずにすむはずだ。

ところが現実は違った。全電源喪失後、イソコンも動かなくなっていたのだ。だとすれば崩壊熱によってすでに炉心は溶け始めている。水が蒸発し、圧力容器も格納容器も、内圧が上昇しているだろう。その先には、破局的事象も待っている。

専門家だからこそ、真鍋は即座に理解したのだ。ベントしかないと。

だが、専門家でない中枢たちは、戸惑ったような表情を浮かべた。

「ベントって……なんだ？」

そこからか、と真鍋は思う。だが、それは専門家ではない者の当然の反応でもある。正しく伝えるには、段階を踏んだ理解が重要だ。真鍋は、スクリーンに投影されたプラントの断面図を指し示しながら言った。

「ご覧ください。圧力容器はこのように、その周りを格納容器に包まれています。格納容器内には電球型のドライウェルと、裾（すそ）の部分にある、浮き輪のような圧力抑制室（サプレッション・チェンバー）があり、ベント管で繋（つな）がっています。この部分はウェットウェルといって、水が溜（た）められて……」

「くどい、手短に言ってくれ」首相が、苛立（いらだ）ったように、真鍋の話の腰を折った。

手短にだって？　対策を考える上で、まず正確に原子炉の構造を理解するのが第一

歩ではないのか。若干の憤りを覚えつつも、真鍋は、

「とにかく、今はこの格納容器の内圧が異常上昇を起こしているわけです」

「すると、どうなる」

「破裂します。格納容器が」

「………」首相が、隣にいる官房長官と顔を見合わせた。

真鍋はすかさず言った。「それを防ぐには、格納容器の中の圧力を外に逃がしてやらなければいけません。これがベントです」

同時に、崩壊熱を取り除くため水を入れて中を冷やす。水を供給し、圧力を逃がす（フィード・アンド・ブリード）。除熱の定石だ。ただ、あまりに内圧が高いとそもそも水が入れられない。ポンプの圧力が内圧に負けるのだ。だから、まずベントをしなければならない。

こうしたことを説明したところで、政治家たちはまた「くどい」と言うだろう。真鍋は口を噤（つぐ）んでいた。

「ベントが必要なのはわかります」

と、官房長官が比較的落ち着いた口調で訊（き）いた。「しかし、圧力を逃がすということは、その……格納容器の中のものが外に放出されるということですよね？」

「当然、そうなります」

「とすると、周辺地域が放射能で汚染されるということになりませんか？」

「それも当然、そうなります」真鍋の言葉に、むう、と誰かが唸った。

だが真鍋は、続けて言った。「ですが、格納容器が爆発すれば、もっと大量の放射性物質が放出、拡散されることになります」

「………」官房長官が、言葉を失った。

「べ、ベントをやる前にもちろん、住民の方々に避難してもらいます」と、東電の研究員を務める男が付け加えた。

真鍋はさらに、「放出する気体はこのサプレッション・チェンバーの水をくぐってから外に出ます。水がフィルターの代わりになりますから、放出される放射性物質は千分の一程度になるはずです」

「……はず？」

首相が、真鍋を責めるような目つきで睨みつけた。

そんなあやふやじゃ困るんだよ、お前はそれでも専門家か？

文句を言いたげな、不愉快な視線。だから真鍋は、その不快感を事実によって打ち返す。「はい。何しろ、ベントはまだ世界でどこもやったことがありませんから」

「……世界初か」首相のトーンが、少し落ちた。

真鍋は、続けた。「電源が失われている今、ベントは人力で行うしかありません。放射性物質によって汚染された原子炉建屋の真っただ中に突入するしか……」

首相と政治家たちが、顔を見合わせた。
言ってから、真鍋自身も初めて実感した。
そうか、このベントは『人の手』で行うしかないのだ。
真鍋は無意識に、ぶるっと震えた。

＊

「そう簡単に言わんでくださいよ！　電源がない中でのベントが、どれだけ危険な作業かは本店でもわかっているんでしょう？」

ホットラインに向かって、吉田が叫んでいた。

樋口が取り次いだその電話は、本店にいるフェローからのものだった。やり取りの詳細は、もちろん樋口には聞こえない。だがそれが本店と、その背後にある官邸からの一方的なベント指示であることは、容易にわかった。

「もちろんベントは責任を持ってやります。初めからそのつもりで動いています。ただ、現場の人間を無視して勝手なことは言わんでください！　方法とタイミングは、こちらで決めますから……」

吉田にしては丁寧な口ぶりだった。相手が先輩筋に当たるフェローだからだろう。

感情を明らかに抑えている。けれど、内側にある怒りは樋口にも容易に感じられた。

今の吉田はさながら、破裂寸前の格納容器だ。だとすると——。

「……ふざけんなよ！」突然、吉田が受話器を叩きつけ、電話を切った。

破裂した、と樋口は思った。思ってから、喩えが不謹慎すぎたと反省した。

吉田の怒声に一瞬静まり返った緊対だったが、またすぐに元のざわつきを取り戻す。もういちいち、誰かがキレていることを気に掛けている暇もないのだ。

吉田は本部長席に戻ると、目を瞑り、しばらくの間じっと何かを考えた。

それから、ふと思い出したように立ち上がると、緊対の壁に掲示した巨大な構内図を見つめた。

最後に、吉田は意を決したように頷くと、ホットラインの受話器を取り上げた。

「伊崎か。……頼む。メンバーを決めてくれ」

＊

「わかった。急がないとな」

伊崎がそう言って、静かにホットラインの受話器を置くのが見えた。

疲労感から中操の壁際に座り込み、横目で伊崎のことを見ていた西川は、まるでそれが死刑宣告の電話であるかのように思えていた。

中操にはいまだ明かりが戻ってきていなかった。あれから応援が続々とやってきて、今では30人ほどの人間が詰めている。心強い先輩と同僚たちだったが、必ずしも答えのある作業をしているわけではなかった。すべてが手探りの試行錯誤、トライアンドエラーの復旧作業であった。

だから、西川も確信していた。もう、根本的な解決手段は手動ベントしかないと。そうなれば、誰かがそれを決死の覚悟でやるしかないのだが——。

伊崎が、中操の中央に立ち、言った。

「みんな、聞いてくれ」

全員が、話を止めた。伊崎はその全員の顔を一瞥すると、

「1号のベントをやる。近隣に放射能を撒くことになる」

——遂に、このときがきた。

中操に緊張が走る。誰かがごくりと唾を飲み込む音がして、西川も目を閉じた。

伊崎は、抑制的な口調で続けた。

「ベントに行くメンバーを決める。言うまでもないが、建屋内は真っ暗だ。ろくに状況もわからない。線量もかなりある。だから……若者は行かせられない。その上で自分が行けると言う者は手を挙げてくれ」

皆が、黙り込んだ。誰も、言葉を発しなかった。

そんな中、西川はひとり、ほっと安堵の息を吐いていた。

若者は行かせられない。当直長はそう言った。俺は若者だ。行かなくていいのだ。

けれどすぐ、心臓がきゅっと締め付けられた。俺は本当に、行かなくていいのか？

「……誰か、一緒に行ってくれる奴はいるか？」

狂おしいほどの静けさを、伊崎自身が破った。声が憔悴したように上ずっていた。

その懇願するような声色に、大森が答えた。

「現場には俺が行く。伊崎はここにいなきゃダメだ」

福島弁の持つ、柔らかい語感だった。

大森の言葉が呼び水になったのだろうか、男たちが、

「そうだよ、伊崎くんは残って指揮を執れ。俺が行く」

「お……俺も行きます」

「私も行こう」

「僕も行けます、大丈夫です！」

と、次々と手を挙げた。ベテランだけではなく、西川と同じ若手からも、多くの者が志願した。

そんな彼らを、伊崎は、まず意外そうな顔で、次いですぐに嬉しそうな笑顔で見や

ると「ありがとう、本当にありがとう」と何度も頭を下げた。

そして、「でも、やっぱり若い者はだめだ。現場の弁も操作する。よく知ってるベテランの中から選ばせてくれ。ベントに向かうのは……3組、6人だ」

早速、伊崎はベテランを集めると、メンバーを決める打ち合わせに入っていった。

その一部始終をじっと見つめていた西川は、不意に、横にいた男と目が合った。

大森と同じくらいの年齢のベテラン運転員だった。

西川は知っていた。男がさっき、西川と同じように手を挙げなかったことを。

彼はすぐに目を逸（そ）らした。西川もなんだか気まずくなり、そっと顔を伏せた。

第二章

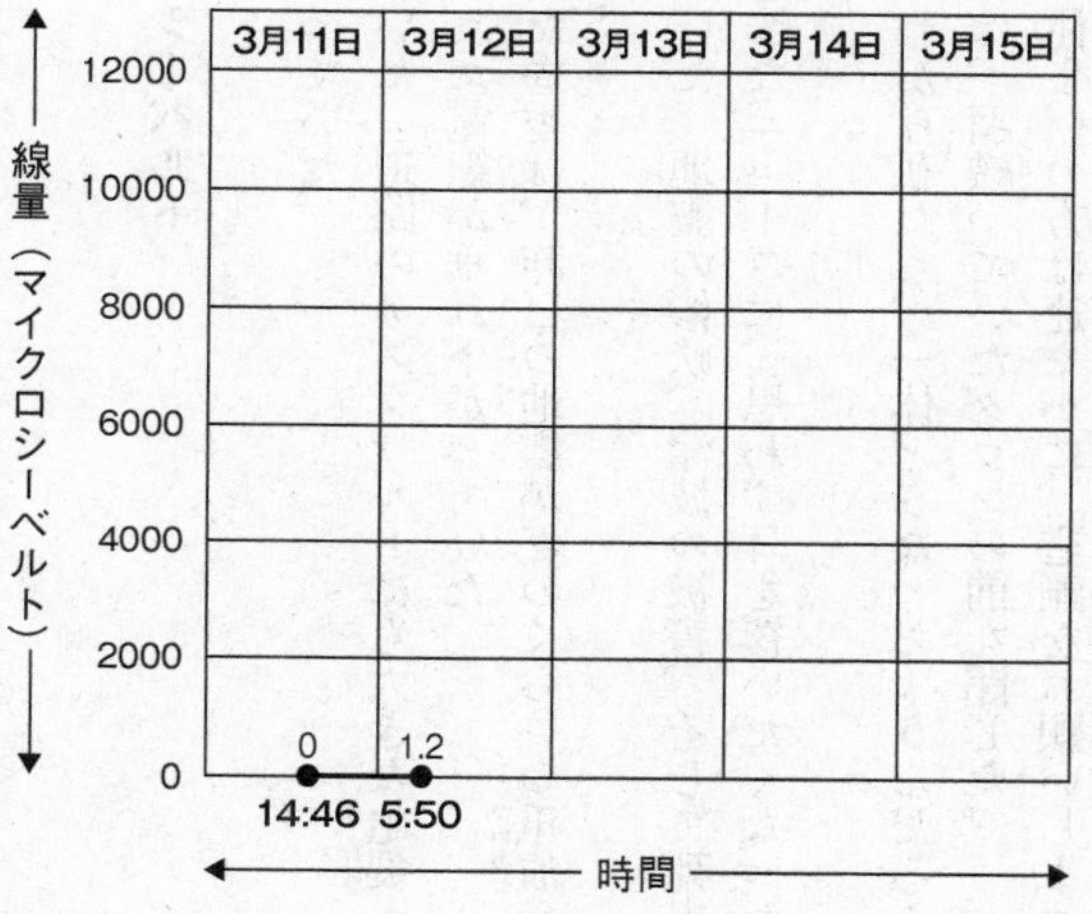
3月11日
3月12日
3月13日
3月14日
3月15日
12000
10000
8000
6000
4000
2000
0
線量（マイクロシーベルト）
0
1.2
14:46
5:50
時間

２０１１年３月12日５時50分
正門付近　毎時１・２マイクロシーベルト

夜明け前に、ほんのりと空が青に染まっていた。

向かいの家の屋根瓦が落ち、散乱していた。道路のアスファルトにも大きな亀裂が入っていた。そのせいで電柱が傾き、切れた電線が垂れ下がっていた。

暗く不安な一夜を過ごした後、外に出た遙香は、昨日の地震がどのくらいの爪痕を町に残したかを改めて目の当たりにした。

ラジオは夜通し、各地の状況を報じていた。地震の惨状、津波の被害、そして死者と行方不明者。刻一刻と拡大していく悲惨なニュースに、思わず耳を覆いたくなった。

そして、唐突な指示――。

遙香は言い知れない不安を感じた。これから私たち、一体どうなっちゃうんだろう。

酷く冷たい空気が首筋を撫でる。遙香は、羽織っていたダウンの前を閉じた。

『避難指示が出されました。富岡町にお住まいの方は速やかに、避難をお願いします。繰り返します。避難指示が出されました……』

防災無線のスピーカーが、頭上で何度も避難を呼び掛けている。

「早く乗って、遥香」荷物を車に積み込みながら、母が、促した。

「うん、わかった。……行こう、おじいちゃん」

祖父は、玄関の前で、じっと我が家を見上げていた。

家族が住み慣れた家だ。何十年も前に、この家を祖父が原発の仕事をして建てた。けれど今は、その原発が原因となり、家から離れようとしている。

「……あぁ、敬造(けいぞう)さん、ご無事だったかぁ」

隣に住む松永(まつなが)が、祖父に声を掛けた。

松永は昔からの『ご近所様』だ。もう隠居していて、今は息子夫婦と住んでいる。その息子夫婦もまた、松永の背後で一所懸命、車に荷物を積んでいる。

「酷い地震がきたと思ったら、次は津波、そんで終(しま)いにゃ原発だよ。まったく、大変なことになっちまったなぁ」

松永の言葉に、祖父は掠(かす)れた声で答えた。

「なぁに、すぐに戻ってこられますよ。利夫がね、何とかしてくれるはずです」

「あぁ、利夫ちゃん、今あそこにいるのかぁ……」

海がある方角を向いて、松永は目を細めた。

間を置いてから、松永は続けた。「なぁ敬造さん、さっきラジオで原発がどうのと言っとったんだがね、俺にゃぁよくわからんのだけど……『ベント』って、何なんだ?」

「…………」

祖父は、答えなかった。

遙香にはわかっていた。知らないから答えないんじゃない。知っているから答えられないんだ。ベントがどんな作業なのか、そのせいで地域がどうなるのか、おじいちゃんは理解している。だからこそ、説明できない。

「おーい、行くよ」車の傍で、母が遙香を手招いた。

「行こう、おじいちゃん」遙香は、松永に会釈してから、祖父の手を引いた。

「……あぁ」酷く悲しげな表情を浮かべながら、祖父は車に乗り込んだ。

居た堪(たま)れなさに襲われながら、遙香も助手席のドアを引いた。

＊

伊崎は、中操のホワイトボードに6人の男たちの名前を書いた。

1組目は大森たち二人、2組目は工藤たち二人、3組目も二人。縦に書き並べられた3つの組は、それぞれ『最初に突入するペア』『次に突入するペア』『予備のペア』

を意味している。

その前のテーブルに1号機の図面を広げると、伊崎は、集まった男たちの前で説明を始めた。

「目的のバルブは、2つ。建屋2階のMO弁と、サプチャン（サプレッション・チェンバー）の上についているAO弁だ」

それぞれの弁の場所を、図面上で指差す。

原子炉建屋のMO弁は、モーターで駆動する弁、圧力抑制室（サプレッション・チェンバー）のAO弁は、コンプレッサーで送り込む空気の圧力で駆動する弁だ。電源が途絶している今、その開閉は手動に頼るしかないが、もし閉じているこの2つの弁を開けることができれば、格納容器内の空気を外に逃がす通り道が作られる。

つまり、ベントできる。

「まず俺たちが入って、MO弁を開く」大森がそう言うと、

「俺たちはAO弁だ」工藤が続いた。

2つのバルブはもちろん、極めて線量の高いところにあることが予想された。水の通り道を作るために5つのバルブを開けたときの空間線量でも毎時1・2ミリシーベルト。半日経過した今はもっと高線量になっているだろう。

ごく短時間でも、どれだけ線量を食らうかわからない。

それでも男たちは『入る』と言ってくれている。

「よろしく頼みます」伊崎は、敬意とともにゆっくりと顎を引いた。

「持ってきましたぁ！」ぞろぞろと、若手の運転員たちが台車を押して入ってきた。

「ありったけのもん、集めてきました！」

「大森さん、工藤さん、これで大丈夫っすよ！」

台車の上には、山ほどの装備品が載っていた。

全面マスクや予備の吸収管、酸素ボンベ、防護衣であるタイベックにアノラック、耐火服、ゴム手袋——放射線を防ぐための、ありったけの装備品だ。

もちろん、どれだけ装備しても放射線を完全に防ぐことはできない。透過性の低いアルファ線やベータ線はタイベックや厚手の上着で防護できるし、酸素ボンベを使うことで内部被曝も一定量防げる。しかし、極めて透過性の高いガンマ線だけは、鉛板や分厚いコンクリートがなければ遮蔽できないのだ。

だから、未曾有のガンマ線環境となっているであろう原子炉建屋内では、どんな装備も『気休め』でしかない。それでも大森たちは、にこやかに、

「ありがとう」と若手たちに口角を上げた。

なんとしても、建屋に突入するメンバーに多くの装備をつけさせてあげたい。そんな後輩たちの想いに、笑顔で応えたのだ。

胸が詰まり、思わず俯いた伊崎に、大森が、親指を立てた。

「いつでも行けっぞ」

「わかりました」

伊崎はホットラインの受話器を取り上げ、免震重要棟の緊対に告げた。

「伊崎だ。準備ができた」

だが、緊対の樋口から返ってきた指示は、予想もしないものだった。

「……えっ？　首相がくる？」

＊

『……』

「はい。だから、ベントは待っていてください。首相が帰るまで……」

「本当に、申し訳ない」

樋口は、現場でゴーサインを待つ伊崎に、苦渋の「待て」を伝えながら、先刻のテレビ会議でのやりとりを、思い出していた。

ディスプレイの向こうで、突然、本店の小野寺が切り出した。

『吉田所長。すみません、ちょっといいですか』

「はい、ベント、行けますか！」

『いえ、総理がそちらに視察に行きます』

「えっ？……これからですか？」吉田が、目を見開いた。

緊対がざわつく。誰もが顔を見合わせて「マジか？」「本当か？」と言い合っている。

しかし小野寺はあくまでも、すました顔で、『対応をお願いします』と、何事でもないように言った。

この修羅場に首相がくる？　いくらなんでも無茶だ。ただでさえ誰もが自分の持ち場で手一杯だというのに、部外者の、しかも日本のトップである首相の相手をしろとは！

樋口は思わず、ディスプレイの向こうにいる小野寺を睨みつけた。この男には、現場にとんでもないことを指示しているという自覚はあるのか？　それがどんな悪影響をもたらすのか、少しはわかるだろう！　いや、わかっていても、顔色ひとつ変えず『無茶な』指示ができるからこそ、こいつは常務取締役まで上り詰めたのかもしれないが――。

「本店さん、それ、断ることできませんか」

吉田が、困り果てたように言った。「こんなときに首相の対応をしろなんて、いくらなんでも、現場にそんな余裕はありませんよ」

それは、樋口はもちろん、緊対にいる全員の思いだっただろう。だが小野寺は、『すみません。決定事項ですので、なんとかお願いします』と、事務的に返した。

「…………」

あまりに冷淡な回答に、吉田は、黙り込んでしまった。

5秒間、そのまま何も答えない吉田に、小野寺が問う。『所長？……吉田くん？』

「……わかりましたよ」

吉田は、忌々しげに顔を上げると、「ただ、マスクは本店で用意してくださいよ？総理一行がつける分の。こっちは足りてないんで」

『いや、それは現場でやってください』

「はぁ？　何言ってるんですか！」

吉田が目を吊り上げる。「現場は数が少なくて、とっかえひっかえしながらやりくりしてるんだ！　とても余裕なんかありませんよ」

それは、切実な訴えだった。

現場では、全面マスクやタイベックは使い捨てだ。一度使えば放射性物質が付着して汚染され、再び使うと放射線被曝のおそれがあるからだ。

だからといって、十分な数の全面マスクの予備があるわけではない。限られた数の装備品をなんとかかき集めながら作業に当たっているのが、現場の現実だったのだ。

そんなことくらい、本店だってわかっているはずだ。だが、小野寺は、

『こちらもすぐには用意できません。現場でお願いします』

何かを考えようともせず、すげない対応だけ返した。

さすがの樋口も、思わず「この野郎!」と叫びそうになる。しかし、

「ふざけるなよ!」

と、先に吉田が緊対中に轟く大声で叫んだ。「俺たちに死ねっていうのか! 本店にない? だったら工夫してくださいよ! こっちはそれどころじゃないんだよ、見りゃわかるだろうが、こん畜生!」

バンバンバン、と机を拳で叩いた。ミネラルウォーターのペットボトルが倒れた。

吉田の剣幕に、小野寺が初めて眉を顰めた。

『吉田くん、少しは言うことを聞け!』

ポーカーフェイスだった小野寺が、初めて、不愉快そうな表情を見せる。

ディスプレイを挟み、吉田と小野寺が、東京と福島で睨み合った。だが、

「わかりましたよ!」吉田は、不服さを滲ませながらも、折れた。

「とにかく、総理の視察が終わるまで、ベントも待つことにしとくんですね?」

首相が1Fにいる状況で、放射性物質を放出するベントをすることはできない。一国のリーダーを被曝させるわけにはいかないからだ。視察を受け入れる以上、当然の

選択だが、それは格納容器を爆発させるリスクを高める結果となる。

『……』

それがわかっていてもなお、小野寺は、口をへの字に曲げたまま、小さく顎を引いた。

誰のための、何のための決断なんだ。

樋口には、この男が考えていることを、もう信用できなくなっていた。

＊

「一番！　問題なのは！　崩壊熱です！」

真鍋は、身振り手振りを交えながら、腹から声を出した。

「あぁ？　何？」と、通路を隔てて右隣に座った首相は、顔を歪めて訊き返した。

「ですから、ホウカイネツ！」

福島へ向けて最高速で飛ぶ、要人輸送用の陸自ヘリコプター『スーパーピューマ』の中は、爆音が渦巻いている。真鍋は、爆音に負けないよう大声を張り上げた。

「水を掛けないで放っておくと、燃料が溶け出します！」

「そのくらい知ってる！」

不快感からか、首相が口角を下げた。「チャイナシンドロームだろ？　基本的なことはいい！　で、核燃料が溶けるとどうなるんだ？」

核燃料が溶けるとどうなるか、だって？　それこそ基本的なことじゃないのか。だが、首相は理工系の大学を卒業し、『原子力を知っている』と自負している。実際は高校物理程度の知識だろうが、口答えをして時間を無駄にするのも得策ではない。

真鍋は、訊かれたことにだけ答えようと思いながら、「……核燃料が溶けると、被覆管であるジルコニウム合金と水が高温になり、反応して、水素ができます」

「水素？　それが今どうなってる？」

「もう格納容器まで出てきていると思います」

「なんだよ、水素が出てきたら爆発しちゃうじゃないか！」

さすがに、それくらいはわかるか。真鍋は心の中で苦笑した。

もっとも、実際には格納容器の酸素は窒素に置き換えられている。酸素がなければ格納容器の中で水素が爆発することはない。

しかし、放っておけば内圧に負け、格納容器は爆発する。結果が一緒なら、くだくだしい説明は無駄だ。

「ですから、ベントを急がなければいけないんです！　圧力を逃がしてやるんですよ！」と、真鍋は結論だけを述べた。

「ベント。そうか、ベントか……ベント……」やっと納得したのか、首相は何度もその単語を繰り返した。

やがて、眼下に1Fが見えてきた。

上空から見下ろし、真鍋は驚いた。原子炉建屋がある海面から10メートルの岩盤に瓦礫（がれき）が散らばっていた。ようやく真鍋は、なぜ1Fの電源が落ちたのか理解した。こんな想定外の津波に襲われて、電源も、原子炉も、無事でいられるわけがない！

ヘリが、朝日が差すグラウンドに降りた。

首相に続いて腰を上げようとした真鍋は、総理お付きの担当者に制止された。

「まず総理が降ります。真鍋さんは、ちょっと待っていてください」

「なぜですか？」疑問に思う真鍋に、担当者は驚くべきことを言った。

「首相がヘリからお降りになったところを撮影します。それが終わってから、真鍋さんも降りてください」

「………」真鍋は、唖然（あぜん）とした。

1F、いや、国の危急存亡のこのとき、総理一行は何よりも『首相をどう撮るか』を優先している。こんな無神経があるだろうか？

そもそも、来訪者に対応する余裕もないだろう1Fに行くと言い出したところからして、初めから、この人々の性質は明らかだったのかもしれないが――。

開いた口が塞がらないとはこのことか。呆れながらも真鍋は、『撮影』を終えた後の、険しい表情の首相の後をついていった。

そして首相は、東電の幹部が「ご苦労様でございます」と出迎えるや、挨拶もせず一喝した。

「なんでベントをやらないんだっ！」

一同が、静まり返った。

激情に任せて怒鳴り散らす首相の背後で、真鍋は、苦々しさだけを覚えていた。

これが、今の日本のトップなのか。

＊

免震重要棟で、真理たちも不眠不休の作業を続けていた。

原発の復旧作業に直接当たっているのは、何百人もの作業員たちだ。しかし、彼らも手ぶらでは戦えない。マスクやタイベックといった保護具や、食料や水などが必要だ。それを事務方が、1F内外のあらゆる場所から調達、供給していたのだ。

もうひとつ、保安班には重要な仕事が任されていた。

汚染検査、すなわちサーベイだ。

免震重要棟には、フィルターによって外部の空気から放射性物質を取り除く仕組みが備わっている。お陰で、ここは今、事故対策の拠点であるとともに、唯一の『汚染されていない区域』であり、多くの人々にとっての『安息の場』となっていたのだ。

この『聖域』を守るためには、外部から放射性物質が持ち込まれないようにしなければならない。だから真理たち事務方は、免震重要棟に戻ってきた作業員たちに、彼らがどんなに疲れていても、どんなに面倒がっても、必ずサーベイを受けてもらっていた。つまり、放射能測定器（サーベイメータ）で表面汚染の有無を確認し、もしあれば拭（ふ）き取ってもらい、聖域への放射性物質の持ち込みを極力抑えていたのだ。

そして、当然のことだが、サーベイは、何人（なんぴと）たりとも免除されない。放射性物質は人を選ばないからだ。

だから真理は、テレビでしか見たことがなかった総理大臣が、鬼瓦（おにがわら）のような顔をしながら免震重要棟に入ってきたときにも、毅然（きぜん）として告げた。

「おはようございます。まず靴を脱いで手に持ってください。それから、あちらにサーベイ要員がいるので、汚染検査を受けてください」

一行が、素直に真理の指示にしたがおうとする。だが、

「なんで俺がここにきたと思ってるんだ！　こんなことやってる時間なんかないんだ！」

と、首相が突然、怒り狂った。

あまりの剣幕に、その場にいた全員が、首相と真理を見る。

真理は一瞬、たじろいだ。『大の男』に怒鳴られて、ひるまないわけがない。

けれど直後、真理の頭に血が上った。サーベイは免震重要棟を守るために、絶対に必要なことだろう。ましてやこのギリギリの状況を見て理解もできないのか？　これがいい歳した『大の男』のすることか？　子供みたいに駄々こねて。おでこにも血管を浮かせちゃってさ！

「あの、これは」真理は、口答えをしようとした。

だがすぐ、隣にいた同僚が「やめろ」と囁き、首を横に振る。

それを見て、真理はすぐ我に返った。確かに、ここで首相と喧嘩するのは馬鹿らしい。こんなところで時間を掛けずに、さっさと帰ってもらわないと、皆に迷惑が掛かってしまう。でも――。

「靴だけ！　お願いします。これに履き替えてください」

と、真理は首相の目を睨みながら、その眼前に上履きを差し出した。

あんたがどんなに偉くたって、放射性物質は消せないんだ。これくらいしろよな！

「……貸せっ！」

首相は、激怒の中に、ほんの少しだけばつの悪さも滲ませながら、真理の手から上履きをひったくった。

＊

真鍋の目の前で、首相と、吉田所長が対峙していた。

免震重要棟の2階、一番奥の、少し小さめの会議室。吉田は、首相一行に少し遅れて、その部屋に入ってきた。

首相はしばし、じっと吉田を睨みつけた後、

「どういうことになってるんだ！」と、詰問するように言った。

瞬間、一同に緊張が走る。

真鍋は、首相の中に溜まったフラストレーションが、これからすべて吉田にぶつけられると感じた。

そして、他の東電幹部や担当省庁の役人たちのように、あやふやな説明をして首相の感情を逆撫でする、結果、あの罵声をまた聞くことになるのだろう——そういうふうに予感した。

だが吉田は、首相の怒声にも泰然としたまま、ごく当たり前のことのように答えた。

「全電源が喪失した状態で、ベントをやろうとしております。ただ、なかなか現場は

思うようにいかない状況なのです」

「なんでそういうことになるんだ！」首相が、語尾を待たずして畳み掛ける。なぜだ？　どうしてだ？　と問いを重ね、畏縮（いしゅく）し口ごもった相手を怒鳴り散らす。

真鍋が昨晩から何度も見た光景だ。しかし吉田は、あくまでも冷静に、

「それは、こういうことです」と言うと、テーブルにセットされていた1Fの施設模型を指差しながら説明を続けた。

「ここをご覧ください。津波によってこのエリアが水没しました。建屋の中に水が入ってきたので、電源がなくなってしまったんです。そのせいで、炉心を冷やす装置もほとんど動いていない状態です」

「そんなこと、想定もしていなかったのか！」

「想定を超えた大津波だったんです。重要施設は海抜10メートルの岩盤に造られています。そこまでの津波は、過去の歴史から見てもあり得ない、そういう想定があったんです。しかし、その想定を超える津波がきてしまった。それが、現実です」

「………」首相が、押し黙る。

真鍋は、はっとした。これまでの首相と関係者のやり取りで、首相が自ら詰問を引っ込めたことはほとんどなかったからだ。

首相は、少しの間を置くと、「……ベントはどうなってる」

「チャレンジしています」

と、吉田は即答した。「電源がないため電動弁が開かないものですから、手動でバルブを開けようと試みています」

「とにかく、早くベントをしてくれ」

「もちろん努力しています。決死隊を作ってやっています」

「決死隊？」首相が、片方の眉を上げた。

「はい」吉田が、力強く頷いた。

「…………」

吉田の決意の表情をじっと見つめていた首相は、やがて、大きく息を吐くと、パイプ椅子の背凭れに体重を預けた。

ようやく、首相が冷静さを取り戻したのだ。

周囲が、安堵するのを感じ取りながら、真鍋は、ふと思った。

確か、首相と吉田は年代が近く、大学の同窓だったはずだ。

もしかすると、だが、二人の立場が逆転した歴史というのも、あり得たかもしれない。未曾有の原子力災害において、首相が現場の所長として指揮を執り、吉田が官邸から指示していた世界も、存在していたかもしれないのだ。

もしそうだとすれば――はたして、この原発はどういう運命を辿るのだろうか？

タラレバの議論は、真鍋の学者としての信条に反している。それでも、対照的な二人の在り方をまざまざと見せつけられ、真鍋は思わず考え込んでしまった。

２０１１年３月12日９時４分
正門付近　毎時５・３マイクロシーベルト

津波が1Fを舐め尽くした後に残された残骸を、拓実は夜を徹して片付けていた。拓実が1Fに駆け付けたのは、津波が1Fを襲った後のことだった。拓実が受け持つ5号機と6号機は停止中だったが、稼働していた1号機から3号機が電源を失ったと知り、拓実は戦慄した。

このままでは、メルトダウンが起きてしまう。

プラントエンジニアとして、この最悪の事態は絶対に食い止めなければならない。

だが拓実は、伊崎たちがいるであろう1号機と2号機の間のサービス建屋にある中操には、行かなかった。なぜならば、敷地内に消防車が手配されたことを知ったからだ。

その意図はたったひとつ、『水を入れて冷やす』だ。もっとも、ただ消防車が手配されただけで原子炉に水を入れられるわけではない。水を汲み上げる場所にホースを差し込み、そのホースを消防車まで連結し、さらに消防車の放水口を原子炉まで持っていかなければならない。そのホースを、敷地内に散乱する大小の瓦礫が邪魔していた。そもそも、消防車の通り道すら、瓦礫によって阻まれていた。

だから拓実は、一心不乱に瓦礫の除去作業を続けていたのだ。

お陰で、明け方になるころには消防車は所定の位置に配備された。ホースも連結され、水の投入も行われるようになったのだ。

しかも、心強い加勢も現れた。

「陸上自衛隊です！　郡山駐屯地からまいりました！」

新たな消防車二台とともに、屈強な男たちがやってきたのだ。

「お願いします、ホースの連結口はあそこに！」

拓実の指示に、防護服に防護マスクをつけた自衛隊員たちは、

「承知しました！……消防車連結！　給水活動を行う、かかれ！」という隊長の力強い指示のもと、疲れひとつ見せない機敏さで、作業に取り掛かった。

ほっとしながら、拓実は思った。ここはもう、大丈夫だ。

だが、まだ終わったわけではない。いまだこのプラントが危機的状況にあるのは明らかだ。だとすれば俺も、手足を必要とするところに行かなければならない——。

ババババ——と、頭上で、いくつもの花火が破裂するような音が鳴った。

見上げると、1Fのグラウンドの方向から南に向けて、一台のヘリが飛び去っていくのが見えた。

誰かが1Fにきたのか？　こんな大変なときに一体、誰が、何をしに？

訝（いぶか）しさとともに、拓実はそのヘリをしばらく眺めていた。

＊

『俺だ。待たせてすまなかった。ベントを始めてくれ』

ホットラインの向こうで、吉田が指示を出した。

やっと、このときがきた。伊崎は「わかった」とだけ答えると、受話器を置いた。

準備を整えてからすでに数時間、『今か今か』と待ち続けていた。

ようやくベントのゴーサインが出た。意気込みはしたが、一方で伊崎は少し心配になった。これだけ間が空くと、一旦（いったん）決めた覚悟が揺らいでいるかもしれない。

一拍を置いてから、伊崎は大森に告げた。

「指示が出ました。大森さん、ベントに取り掛かってください」

「了解」大森ともうひとり、大森の後輩に当たるベテラン運転員が、静かに立ち上がる。

その所作に、一切のためらいはなかった。

心配は杞憂(きゆう)だった。伊崎は、先輩たちの頼もしい姿にほっとしながら、サーベイメータと個人線量計(APD)を渡す。

「サーベイの上限は1000です。針が1000を指したら、作業の途中でも、その時点で戻ってきてください」

「わかってる」大森が、頷いた。

――1000。つまり毎時1シーベルト。

考えたこともないほど高い値だ。ごくりと、大森たちが唾(つば)を飲み込む音を聞きながら、伊崎は続けた。

「APDの警報は80ミリシーベルトに設定してあります」

「初めて見る数字だぁ」大森が、地元のイントネーションで淡々と答えた。

80ミリシーベルト。本当は冷静になどなれない線量だ。

法令上、被曝(ひばく)線量は年50ミリ、5年で100ミリが上限だ。例外的に緊急時に100ミリまで許されるが、それが『最大値』だ。APDの上限を80にセットしたということは、すでに例外的なフェーズに入っているだけでなく、『80ミリシーベルトをはるかに超える危険性もある』ことを意味している。

「無理は禁物ですよ、大森さん」

「わかってるよ」大森は、にこりと口角を上げた。

命がけの仕事を前に、それでも、いつもと同じ口調を保てている大森のことを、伊崎は、心から尊敬した。

「大森さん、酸素ボンベです！」

若手の運転員が、大森たちにボンベを背負わせながら、「20分しかもちませんから、注意してください」

「それだけあれば、なんとかなる」

力強く首を縦に振ると、大森は立ち上がり、ホワイトボードに時間を書いた。

そして、手袋と全面マスクを付ける。酸素ボンベから供給される空気が、スー、スーと音を立てて抜けていく。

「じゃ、行ってくる」大森は、小さく手を挙げると、出口へと向かった。

頼む。無事に帰ってきてくれ。

伊崎は、祈るような思いで、ボンベを背負った二人を見送った。

＊

大森は一歩一歩、踏みしめるように先へと進んだ。

相変わらず、松の廊下は暗い。懐中電灯を前へと照らすと、光が少しずつ広がりながら、闇に吸い込まれていくのが見えた。心なしか前回よりももやが掛かっている。全面マスクのせいかもしれないが、実際に、水蒸気が充満している可能性もある。

明らかに、半日前とは状況が変わっていた。間違いなく、より深刻なことになっているのだろう。それを考えるだけで、足が竦んだ。

いいや、俺はもう覚悟を決めている。ここまできたら行くしかねぇ。大森は自分を奮い立たせながら、原子炉建屋の二重扉の前まできた。

「線量は？」と、同行する後輩に問う。

即座に答えが返ってきた。「600、大丈夫です」

へっ、600で大丈夫ってか。平時だったら、当直長の首が飛ぶくらいの大問題になるだろうになぁ。苦笑しながら大森は二重扉の向こうへ足を踏み入れた。

原子炉建屋へ入ると、また一段、空気が変わった。

もやが掛かっているだけでなく、少し空気が粘り気を帯びているような気がした。何も見えない世界で、シューシューという酸素ボンベの吸気音が、痛いほど耳に響く。まるで深海を泳いでいるような重苦しさに耐えながら、大森は、目的の階段を探し当てた。

大森たちが開けるべきMO弁は、原子炉建屋の2階にある。

「……こっちだ」静かに階段を上がり、鉄を格子状に組んだ網の通路を進んでいく。カン、カン、という足音が、クワァァン、クワァァンと獣の唸り声のような不気味な残響に変わる。

今、すぐ傍に原子炉格納容器がある。内圧が設計値をとうに超え、破壊的なエネルギーを蓄えた地獄の釜だ。いつ爆発するかはわからない。数時間先かもしれないし、数秒先かもしれない。爆発すれば爆風、放射線が、大森たちに容赦なく襲い掛かるだろう。

そうすりゃ、即死だなぁ。心臓を締め付けられるような緊張感に悶えながらも、大森たちは目的の場所を探す。

背後から、後輩がサーベイの値を読む声は聞こえない。言わないということは、まだ大丈夫なのだろう。言われてもどうせ何もできないのだから、その判断は賢明だ。

やがて大森は、猿梯子を見つける。

「ここだ。いくぞ」大森は、梯子に手を掛けると、ゆっくりと登っていく。

梯子には背かごがついていて、狭いパイプの中を進んでいくような格好になった。背かごは転落防止のために有益なものだが、今は背負ったボンベがカンカンと当たり邪魔なだけだ。身体を縮こめながら上がるのは、いつもよりも体力を使う。大森の息も見る間に上がってきた。手にする懐中電灯を取り落とさないようにこんなに苦労するなら、サーベイメータを持っている後輩はもっと大変だろう。

猿梯子を上がり切ると、狭い足場があり、そこからさらに通路が延びていた。狭い通路だ。足を踏み外せば落下する。幸いなことに通路には手すりがついていた。その手すりを頼りに、身を屈めてさらに進んでいくと——。

「……あった」唐突に、バルブが現れた。

大森と後輩の懐中電灯の光がバルブに交差する。同行者がバルブの番号を読んだ。

「弁番号、MO210、これです！」

「MO弁だな、間違いねぇ。……行くぞ」

大森の指示を受け、後輩がバルブのハンドルに手を掛けようとした瞬間——。

不気味な音を立てて、足場が揺れた。

「うわぁ！　余震だ、気を付けろぉ！」

とっさに手すりを摑んだ。ゴゴゴゴ、とプラントが揺れる不気味な音に、ギシギシと足場が軋む音や、カンカンと何かの金具が当たる音が重なる。まるで地獄の祭りだな、と大森は思った。実際に、これで黄泉国行きかもしれない。余震が『最後のひと押し』になる可能性があるからだ。単なる地震以上の『死の恐怖』を感じながら、大森はその場でじっと身を竦めた。

不穏なざわつきを残しつつ、余震は収まっていく。

やがて、建屋が元の静けさを取り戻す。

何も、起こらんか――大森はほっと息を吐くと、バルブの開度計を開き、改めて後輩と目を合わせた。

後輩は小さく頷くと、サーベイメータを床に置いた。ラッチレバーを上げて、バルブのハンドルに両手を掛ける。そして、

「開けます！」後輩が、力を込めた。

「よし、開度25パーセントまで行くぞ！」大森も叫ぶ。

少しずつ、鈍い音とともに、ハンドルが左に回り出す。

懐中電灯に照らされた開度計の針が、ゼロから徐々に動き出す。

「5……10……」

汗が瞼から滴り鼻を伝う。全面マスクが蒸気で曇り、視界が狭まる。大森はふと

「今何分経った？」と思う。

5分か、10分か、それとも酸素ボンベが切れる20分を、とっくに過ぎてしまっているかもしれない。だが――。

「15……20……もう少し」

今、このベントを止めるわけにはいかない。汗で沁みる目を見開き、大森は開度計

の針を凝視した。そして、遂に。

「25！　25だぁ！」大森は叫んだ。

その叫びに気付かない後輩は、まだ回し続けている。大森は後輩に飛びつくと、開度計をバンバンと叩いた。「見ろ、見ろ！　25パーセント！」

「……やった！　やりましたぁ！」

後輩も、自分たちの仕事をまっとうしたことに気付くと、大森に抱きついた。

大森も両手を挙げて、叫んだ。

「MO弁、ベント成功だぁ！」

＊

西川は、いまだ照明が戻らない中操の片隅で、ひとり膝を抱えていた。

MO弁を開けるために大森たちが出て行ってから、もう15分以上は経つ。ボンベから空気を供給できる時間は20分。その間は清浄な空気を吸えるが、もしボンベが切れれば、大森たちは原子炉建屋の『生の』空気を呼吸しなければならなくなる。

それは、想像するだけでも恐ろしいことだった。

なぜなら今、『生の』空気にはどれくらいの放射性物質が含まれているのかが、まったくわからないからだ。

ガンマ線環境から受ける外部被曝の線量は、サーベイメータやAPDからある程度はわかる。だが、内部被曝の線量は、体内からの放射線の量と種別を測定するWBCと呼ばれる機械を通らなければ特定ができない。1FにもWBCはあるが、事故のせいでバックグラウンド線量が強すぎて使えず、したがって、自分たちがどのくらいの内部被曝をしたのかがわからないのだ。1ミリシーベルトかもしれないし、1000ミリシーベルトかもしれない。それは1Fを出てWBCを通ってから、初めてわかることなのだ。

今が『とても危険』であって、しかも『どのくらい危険かわからない』という事実。それが、西川を酷く萎縮させていた。

「……19分！」

時計に齧り付いていた誰かが、裏返った声でそう言った。

伊崎もまた、同じ時計を見つめながら、じっと何かを考えていた。

「ボンベ、20分で切れます」誰かが、呟いた。

ガタガタと震えながら、西川は嫌な想像を続けていた。

もし、大森たちの仕事が20分を過ぎてしまったら、どうなるのだろう？

もし、彼らがMO弁を開けることができなかったら、どうなるのだろう？

もし、彼らが戻ってこなかったら、どうなるのだろう？

きっと、ベントをするために、また新しいペアが原子炉建屋に突入することになる。

大森たちが失敗すれば、次は工藤たちだ。工藤たちが失敗すれば、予備の二人だ。そして、その二人が失敗したならば。

新しいペアが伊崎に選ばれ、そいつらが突入する。

そいつらが失敗すれば、また新たなペアが突入する。

終わることのない『突入』のプロセスの中で、いつか、俺に順番が回ってくる。

俺が、入る羽目になる。

どれだけ被曝するかもわからない場所に、成功するかもわからない仕事のために、身体を張って踏み込まなければならないのだ。もしかしたら二度と帰ってくることができないと覚悟して――。

「……ゆかり」

そう呟くと、西川はそっと、折り畳み式の携帯を開けた。

ゆかりからのメールは、きていなかった。当たり前だ。そもそも電源が通っていない1Fには、「電波も入ってきていないのだから。『圏外』とだけ表示されたディスプレイをじっと見ていると、ふと、いつか交わしたやり取りを思い出した。

『JCOの事故、本当に酷かったんだよ』ゆかりは、真剣な表情でそう言った。

『私、あの日は夏風邪を引いて休んでて。お父さんとお母さんはお仕事でいなくて、ひとりきりだった。そうしたらお家に、今すぐ避難してください、って男の人たちがきて避難所に連れていかれたの』

『まだ子供だったし、心細くて、ずうっと泣いてた。皆、自分たちも放射線にやられたかもしれないって言ってるし、もしかしたら私も被曝したのかなぁ、って。ずっと思ってた』

『事故が収まって、お家には帰ることができたけど、後で、あのとき作業をしていた人が亡くなったって聞いて、私、もうこんなのは絶対に嫌だって思った。だから、誓ったの。私はもう、あんな経験は二度としたくない。私の好きな人にも、させたくないって。だから……』

「説教はもういいよ！　俺が大丈夫だって言ったら、大丈夫なんだ！」

あのとき、西川はゆかりの言葉を、そうやって一方的に遮った。

すべて覚えていた。俺は1Fの仕事に誇りを持っている、女が口を出すなと言ったのを。そして、ゆかりが、酷く悲しそうな顔をしたことも。

今なら――ゆかりの気持ちがよくわかる。

JCOの事故がいかに悲惨なものだったか。原子力の世界にいる西川も嫌と言うほど教育されていた。ウラン化合物の溶解作業をずさんに行ったがために、臨界を起こし、二人の作業員が強い放射線に曝され死亡した。受けた線量は、ひとりは20シーベルト弱、ひとりは10シーベルト弱。これだけの放射線を受けるとDNAが破壊され、細胞が再生できなくなる。結果として、彼らは凄絶な死を遂げた。

ゆかりを含むJCOの周辺住民にも中性子による被曝が起こった。1ミリシーベルト以上被曝した者が112名。最大で16ミリシーベルトだった。ゆかりが被曝したかどうか、彼女自身が語ったことはない。だが、そうした体験が、ゆかりの心に大きなトラウマとなって残り、同時にゆかりに「放射線は嫌だ」と決意させたことは明らかだった。

俺も、被曝するかもしれない。あのJCOの事故のように。ゆかり、何て思うかな。携帯に保存していた、ゆかりの写真。滲む彼女の笑顔を見ながら、西川がそっと携帯を閉じた、そのとき、

「戻ったぞぉ！」突然ドアが開き、大森たちが中操に躍り込んだ。

おおっ、と歓声が起こり、男たちが大森の傍に駆け寄る。

大森は、もどかしげに全面マスクを外すや、大声で、

「MO弁開！　やったぞ、成功したぁ！」

と叫び、真っ赤な顔にペットボトルの水をじゃぶじゃぶと掛けた。

伊崎は、潤んだ目で小さく顎を引くと、ホットラインの受話器を上げ、緊対にMO弁を開けたことを報告した。

MO弁開の報告に、中操は歓喜に沸き立った。だが、大森が胸に着けていたAPDの数値を見た誰かが、慄きながら言った。

「お、大森さん、25ミリシーベルトです！」

「なんだって！」笑顔を浮かべていた伊崎の顔が一転、深刻さを帯びる。

伊崎は、自ら二人がつけていたAPDを確認すると、

「25ミリと、20ミリ……たった20分で、そんなに線量食らっちまったのか……」と、愕然としたように呟いた。

喜びの声に溢れていたはずの中操が、また、しんと水を打ったように静まり返った。

＊

──よし、入るぞ！

松の廊下を通り、二重扉を開け、原子炉建屋に足を踏み入れた瞬間、工藤はまず自分に気合を入れた。

そして、手にしたサーベイメータを見た。針が500と600の間をゆらゆらと揺れている。

普通じゃあり得ない、とんでもない高線量だ。

この位置でこれじゃあ、サプチャンまで行ったらどんなことになるんだろう。

先刻、大森たちが行ったMO弁は、建屋2階の格納容器に隣接している場所にあった。格納容器は分厚いコンクリート壁で造られていて、ガンマ線を低減する。一方、工藤たちが向かうAO弁は、圧力抑制室（サプチャン）の上にあるから、コンクリートの壁がない。遮蔽（しゃへい）があった大森が25ミリなら、遮蔽がない俺たちは、一体どのくらいの放射線を貰（もら）っちまうんだろうなぁ。

何度も自分自身に問い掛けながら、工藤は、恐怖をとおりこして、なんだか妙におかしい気分になった。何を気にしたところで、第二陣の俺たちがやるべき仕事は決まっているじゃねえか。放射線量を見ながら、AO弁を開けてくること。いつもと大して変わらない。ただそれだけの仕事だ。

まぁ、変わってるのは、命が懸かっているかどうかくらいか――。

先輩とともに、通路を奥へと進み、階段を下りる。

カンカンと靴底が甲高い音を立てる。

AO弁のある地階に近づくにつれ、耳の奥がキンと痛む。まあ、気のせいだろう。高々数メートルで気圧が高くなるわけがない。

雑念を紛らわすように、工藤はサーベイメータの針を読んだ。

き進む。

「500です！」

「大丈夫だ、行くぞ！」横にいた先輩が、懐中電灯で闇を切り裂くように、通路を突き進む。

線量を測りながら進まなければ危険だ。慌てて追い掛けながらも、工藤は思った。前のめりな先輩だよなぁ。猪突猛進とはこのことだ。だが、そのお陰で工藤は逆に落ち着いた。大森たち第一陣と同じく、工藤たちもメータが1000になったら戻ってこいと伊崎に言われている。俺たちの仕事はAO弁を開けることだが、それ以上に『無事に帰ってくること』を厳命されている。中操にいる仲間たちのためにも、それだけはまっとうしなければ――。

突き当たりの扉を開けると、突然、巨大なサプチャンの頭が見えた。

同時に、ドカン、ドカンとハンマーで叩く(たた)ような音が聞こえた。

たぶん、排気管の音だろう。だが工藤には、それが今にも暴れ出そうとしている原子炉の胎動のようにも感じられて、思わず足が竦ん(すく)だ。

その足が突然、ぐらりと揺れた。

余震だ！　ふらついた工藤は思わずサプチャンに足を付いた。金属の壁面が、ゴォーンと妖し(あや)く長い余韻を持つ音を立てた。

そのまま工藤は、揺れが過ぎ去るのをじっと待つ。もしも大きめの余震なら、その後に津波がやってくる。サプチャンがある地階からも、すぐに退避しなければならない。

だが、震動はさほど大きくならないまま、静かに消えていった。

ほっと息を吐き、サプチャンに掛けていた足を外そうとしたとき、ズルッと滑った。

靴底のゴムが、溶けていた。

サプチャンが、とんでもない高温になっている。そのことを悟った工藤の背筋に、ゾッと怖気（おぞけ）が這（は）い上った。同時に、いつの間にか自分が汗だくになっていることにも気づいた。ここは、まるでサウナのような高温になっているのだ。

そうだ、線量は？　ハッと気づき、サーベイメータの値を読む。

「……き、900！」愕然とした。そんなにあるのか！

「測れるうちは行く！」先輩が、構わずのしのしと歩く。

工藤も急いで後を追う。ＡＯ弁まで、あと数十秒ほどだ。

「頑張れ！　もう少しだぁ！」

先輩ががなり立てたそのとき、突然ピーピーとＡＰＤが鳴り出した。

ＡＰＤのアラーム値は、確か――内臓がせり上がるような感覚を覚えながら、サーベイメータを見る。

針が１０００を振り切っていた。

「これ以上は無理です！」工藤は、メータの針を先輩に見せた。

「いや、行く！」先輩は、全面マスク越しにもわかる、必死の眼差しで言った。

「ダメです！　戻りましょう！」

「あと30メートル、もう少しだぁ！」先輩が、それでも足を踏み出す。

行っちゃいけない！　工藤は先輩の腕を掴んだ。すでにメータは1000を振り切っている。それは線量が1000という意味ではない。それをはるかに超える『致死的な』高線量である可能性を含んでいる。

今戻らなければ、大変なことになる。

「撤退です！　戻りましょう！」工藤は、声の限りに叫んだ。

先輩を止めなければ！　そうでなきゃ死んでしまう！

「あと少しなんだぁ！　頼む、行かせてくれぇ！　俺を、行かせてくれぇ！」

工藤に身体を押さえられながら、先輩は、まるで泣き叫ぶように咆哮した。

＊

伊崎は、瞑目していた。

AO弁を開けるために、工藤たちが第二陣として出発してから、間もなく10分が経っ。

大森たちはMO弁を開けてきてくれたが、それでも25ミリシーベルトを食らった。

工藤たちが入るサプチャンは、原子炉建屋2階よりもはるかに過酷な環境にある。暗く、動きづらく、何より放射線が多い。それこそ、急性の放射線障害も想定しなければならないほどに——。

ふと、伊崎の頭に、嫌な想像が湧き上がった。

それは、原子炉建屋の地下で崩れ落ちるように倒れる工藤たちの姿だった。

やめろ！　伊崎は頭を強く横に振り、頭の中からそのイメージを追い出した。だが、何が起こってもおかしくない今、もし彼らが戻ってこなかった場合のことも想定しなければならない。20分が過ぎて、ボンベが切れても帰ってこなければ、バックアップの三組目に救出に行ってもらわなければならないのだ——。

中操の誰もが固唾を飲んだまま、15分が経ち、18分が経った。

いよいよ、最悪の事態もあり得るか。伊崎がそう思ったとき、

「……大丈夫だよ」

大森が、伊崎にペットボトルを差しだした。

すみません、とそれを受け取りながら、伊崎は思った。そうだ、大丈夫だ。工藤たちは必ず帰ってきてくれる。必ず、ベントを成功させ、戻ってきてくれる——。

そのとき、バタンと中操のドアが開き、工藤たちが転がり込む。

「帰ってきたか！」

彼らが無事に戻ってきた。その喜びで、伊崎は思わず立ち上がる。

だが、そんな伊崎に、工藤は、全面マスクを外すなり、今にも泣きそうな顔で言った。

「だめでした……線量が高くて、無理でした。メータが、振り切れた……」

すみません、すみません――と、悔し気に床を拳で何度も叩きながら、絞り出すような声で繰り返した。

「……そうか」

伊崎は、再びゆっくりと当直長席に座った。

工藤が手袋を外した。すぐに、ザーッと手袋と袖口から汗が滝のように流れ出た。喉が渇いていたのだろう。工藤は一心不乱にペットボトルの水をがぶ飲みした。

暑熱環境で、人は大量の汗を掻く。身体を蒸発熱で冷やすためだ。だがタイベックや厚い鎧のような耐火服を着ていると、その汗が蒸発することができず、体温が下がらない。身体が冷えず、そこに脱水症状が加われば、酷い熱中症が起きてしまう。

これからは、その対策も考えなければならないか――。

「と、当直長！　見てください」

工藤たちのＡＰＤを見た運転員が血相を変えて報告した。「二人の被曝(ひばく)線量、は……89と、95！」

「緊急時の100ぎりぎりじゃねぇか……」大森が、目を丸くした。

伊崎も、絶句した。だが同時に、工藤たちが無理せず、『ダメだ』と判断して戻ったことに感謝した。もし無理をして作業を続けていたならば、100どころか200、300、下手をすると1シーベルト単位での被曝もあり得る。

あの想像が、現実のものになったかもしれない。そう思えば、彼らはまさに、瀬戸際にあって最善の選択をしたのだ。だが——。

「すみませんでした、当直長」

「もう一度……もう一度、俺たちに行かせてください！」と、息を荒らげながら、工藤たちが伊崎に詰め寄った。

「ダメだ、もう線量の限界ぎりぎりだ」伊崎はもちろん、首を横に振った。

「無理をしてたら、命が危なかったよ」と、大森も諭すように言った。

伊崎は、悔し気な二人の肩を優しく叩き、労(ねぎら)うと、

「……早く、緊対に連れて行ってやってくれ」と、若い運転員たちに指示した。

それでも工藤たちは、

「本当にすみませんでした！」

「行かせてください！」行かせてくれぇ！」と、へたり込み、叫び続けた。

苦渋に顔を顰めながら、伊崎は、ホットラインの受話器を取り上げた。

＊

「……ダメだったか」

吉田が、中操からのホットラインの受話器を静かに置くと、奥歯を噛み締めるような表情で、

「MO弁はなんとかなった。だが、線量が高くてAO弁まで辿り着けなかったようだ」

と、樋口たちに告げた。

そうか、ダメだったか。樋口も肩を落とした。2つの弁が開かなければベントはできない。ベントができなければ格納容器の内圧は逃げ場がないまま高まっていく。1Fの終わりが、やってくる。

諦めにも似た空気が、緊対に詰める樋口たち一同を支配する。

だが、しばらく考え込んでいた吉田が、ふと思い出したように、

「コンプレッサーで、外から空気を送り込むってのはどうだ？」

「AO弁にですか？」

問い返す樋口に、吉田は「そうだ」と大きく首を縦に振った。

「元々AO弁はコンプレッサーを使って、空気圧で動かしてるだろ。それと同じことを外からやるんだ。そうすればAO弁を遠隔で開けることができるかもしれない」

「な、なるほど」確かにいいアイデアだ。それならベントは完成する。

だが樋口は、すぐに考え直す。そのアイデアを実現するには、まずコンプレッサーを調達してこなければならない。所内のどこかにはあったはずだが、あったとしてもそれとぴたりと合う『注入口』が、あるかどうか——。

「……できますかね」

ふと不安げに呟いた樋口に、吉田が励ますように言った。

「できるできないちゃうねん。なんでもやらな！　どないすんねん！」

不意に出てきた関西のイントネーションに、そういえば吉田は大阪出身だったと樋口は思い出す。経験上、樋口が知る関西人は皆『しぶとい』人たちだった。商売でもプライベートでも最後まで食い下がり、決して諦めない。

吉田も、そんな関西人のひとりだ。だからこそ吉田は、八方塞がりに思える今、それでもなんとかしてベントしてやろうと、頭をフル回転させているのだ。

俺も所長を見習うか。疲れた身体に今一度、活を入れると、樋口はコンプレッサーを手配するために動き始めた。

＊

西川の視線の先で、伊崎はずっと、黙り込んでいた。

工藤たちがＡＯ弁を開けることに失敗してから、中操には重苦しい空気が流れていた。現状を打開するための唯一の策であるベントができないとわかったからだ。

その報告をホットラインでした後、緊対からの指示もないままだ。

伊崎にも、次善の策が見出(みいだ)せていないように見えた。

こうしている間にも１号機の格納容器の内圧が高まっているだろう。放射線量も増えているに違いない。一度目にはアタックできたＭＯ弁にすら、もう行けないかもしれない。

当たり前だが、その事実は、中操の放射線量も今後増えていくだろうということを意味する。現状を打開する拠点としていたこの中操ですら、安全とはいえない場所となっていくのだ。

ならば、どうすべきなのか？

西川にとって、その答えは、どう考えても、ひとつしかなかった。

撤退する。後ろ向きかもしれないが、それ以外に、方策はない。そして幹部は速やかにその決断を下すべきなのだ。例えば、当直長としてこの場を仕切る伊崎が。にもかかわらず、伊崎は先刻から黙ったきりだ。ホットラインも鳴らない。危険が迫っているのに、ただ時間だけを浪費している。その事実に、西川はひとり苛立(いらだ)っていた。

頼むよ当直長。一言でいいから言ってくれよ。「ここにはもういられない」と。

だが伊崎は、そんな西川の期待を裏切った。

「もう一度、トライするしかないのか」と、呟いたのだ。

途端に、西川の背中の毛がすべて逆立った。

もう一度、トライするだって？　冗談だろ？　もう一度あのAO弁を開けに行くってのか？　一回失敗しているのに？

西川は無言で、床を殴った。

馬鹿げてる！　今さら誰が行くってんだ、あんな場所に！

いい加減、無駄な足掻(あが)きはやめてくれよ、当直長！

俺はもう、こんな所から逃げたいんだ、頼むよ——伊崎さん！

西川は、その場に蹲(うずくま)りながら、いつまでも心の中で叫び続けていた。

2011年3月12日12時ごろ
正門付近　毎時23・2マイクロシーベルト

「拓実、来てくれたのか！」

突然、中操の扉を開けて入ってきた二人の男を見て、思わず、伊崎は叫んだ。

前田拓実。新たな加勢が現れ、中操はにわかに沸き立った。

閉塞していた状況を打開しようという今、誰よりも頼もしい後輩がやってきてくれたからだ。

伊崎はついさっき、重要な決断を下したばかりだった。その決断に、伊崎と同じ高校を出た後輩であり、プラントエンジニアの後輩でもあり、かつ1号機を熟知する拓実の存在は、何よりも心強かった。

拓実は、伊崎の顔を見るなり人懐こい顔で言った。「5号と6号も安定したんで、応援にきました！」

「そうか、ありがとう！」

「それにしても、ここまでになっちゃうんですね……」

拓実が、中操を見回しながら、唖然としたように言った。「ここの様子は聞いていましたけど、本当に直流電源（DC）のランプも非常灯も消えちゃったんですね」

制御盤の明かりがすべて落ちている。そんな状況を、運転員は普通、想像すらしない。ここの電源はどんなことがあっても常に入っているものだというのが、プラントエンジニアの認識だからだ。拓実もそうだったのだろう。だからこそ今のこの状況がどれだけ深刻か、ひしひしと感じられているはずだった。

拓実は、一度腹に力を込めるように顎（あご）を引くと、真面目な顔で言った。

「もう一度、トライすると聞きました」

その言葉で伊崎は、拓実が、ここにくるまでの間にすべての状況を聞き、把握していると理解した。

だから、ベントに失敗していることも、再びそれを行おうとしていることもわかっている。それだけではなく、拓実こそが今、皆に必要とされている男だということも。

「ああ、そうだ」

と、答えた伊崎に、拓実は、にこりと微笑みを返した。

「決死隊ですね」

――わかってますよ、伊崎さん。俺、そのためにきたんですから。

拓実の目が、如実にそう語っていた。

拓実はやはり、すべてを理解していた。万感の思いを込め「ああ」と伊崎は頷（うなず）いた。

やがて、1号機の図面を広げたテーブルの周りに、一同が集まる。

突入するのは第三陣、予備のペアに指名していた二人だ。彼らはさらに危険な状況になっている原子炉建屋に入ろうとしているとは思えないほどの意気込みを見せていた。

「ここは線量が高ぇぞ。こっちへ迂回したらどうだ？」

「そうですね、少し遠回りになりますが、急げばなんとかなります。でも、バルブの位置、わかってますか？」

「そりゃあ……行けばわかるよ。たぶん」少し、不安な色が浮かんだ。

そこに、拓実が割って入った。「僕、知ってます。僕たちが行きますよ」

「えっ？」

突然入ってきた拓実に戸惑う先輩たちに、拓実は臆することなく言った。

「僕、1号で長いことやってましたから、AO弁がどこにあるのかも、どうやってバルブを開ければいいのかも、全部頭に入っています」

「だからって、お前……」

「1号機の性格は、僕が一番わかってるんです」

拓実が、真剣な表情で頭を下げた。「だから、僕に行かせてください。お願いです」

だが先輩も引かない。「だめだよ。お前、あそこにいくら線量があるかわかってるのか？　行ったら下手すりゃお陀仏だぞ？　俺より若い人間には行かせられねぇ」

「危険なことはわかってます。でも、それでも僕に行かせてほしいんです」

拓実は、なおも食い下がった。「僕たちは、1号に育てられたようなもんなんです。一人前のプラントエンジニアになれたのだって、あいつのお陰です。だから……この手で助けてやりたいんです！」

伊崎は知っていた。拓実は1号機での経験が10年以上ある。AO弁がどこにあって、どうやって開ければいいかわかっているというのも誇張ではないのだろう。何より拓実自身が、その1号機にどれほどの『恩義』を感じているか、同じように1Fに育ててもらった伊崎には、ひしひしと伝わっていた。

だから伊崎は、言った。「原子炉ってのは……機械じゃないんだよな。子供と同じで、やんちゃな奴もいれば、大人しいやつもいる。その点1Fで一番手が掛かるのは1号だ。……そうだよな？」

「そうです！」拓実が、笑顔で大きく頷いた。

不服そうな先輩だったが、伊崎の意を汲んだのか、無言で着ていた装備を脱いだ。

本当は、彼らにもわかっていたのだ。彼らよりも拓実のほうが1号機を熟知している。ベントの成功率を高めるためには、拓実たちに託したほうがよいと。

それでも、線量の高い場所に後輩を行かせたくはなかったのだ。だから伊崎は、彼らに言った。「あいつら、高校の後輩なんです。大丈夫、やってくれますよ！」

すぐさま、拓実たちにタイベックと耐火服、全面マスクが渡される。

手早くそれらを着込んでいた拓実は、ゴム手袋を嵌めるとき、当然のように指輪を外した。戻ってきたときの汚染を防止するため、高放射線環境には『余計なものは何も持ち込まない』ことが基本だからだ。

だが数秒考えたあと、拓実はその指輪を再び、薬指に嵌めた。

それを見ていた伊崎は、動揺した。

拓実には妻と息子がいたことを思い出したからだ。

掛け替えのない家族がいる。にもかかわらず、拓実は突入を志願した。だから拓実は、指輪を嵌めたのだ。もし自分が死んでしまったときに、この身体が前田拓実であると家族にわかってもらうために。

一体拓実は、どれほどの心残りを抱えながら、笑顔で「1号機に行く」と言ったのだろう。

その心中を思うと、伊崎は、胸が痛んだ。

そして同時に、ふと自らを顧みた。

俺も、家族に、心残りがあったのじゃないか――。

＊

かなは、じっと指輪を見ていた。

この指輪は、拓実と入籍した日に買ったものだ。婚約指輪もなく、結婚式も挙げなかったかなにとって、これはたったひとつの、拓実と繋(つな)がっていることを証明する宝物だった。

その拓実は今、あの原子力発電所にいる。

そう考えた瞬間、身震いに襲われた。かなは東電のジャンパーの襟を立てると、隣で毛布にくるまっている、まだ幼い徹の身体を抱き締めた。

——避難所は、かなと同じ地区の住人でごった返していた。

突然の避難指示は、人々に大混乱を来(きた)していた。かなと徹も、急(せ)き立てられるように自宅から遠く離れた避難所へと連れていかれた。避難所は小学校の体育館を急ごしらえで区切っただけのもので、暖房が入っているわけでもなく、寒さが骨まで沁(し)みた。かなは、ようやく一枚の毛布を受け取ると、避難所の端に居場所を見つけ、徹とともに不安な時間を過ごした。

体育館の片隅には、職員室から持ってきたというテレビが設置され、終始ニュースを流していた。地震の情報、津波の情報、緊急地震速報の耳障りなアラーム、そして1Fの状況。

一晩で、こんなに何もかも変わってしまうなんて。

心細さに襲われたかなは、心の中で呟いた。ねえ、私たち、どうなっちゃうんだろう、拓実さん——。

「……かなちゃん！」不意に、誰かがかなの名を呼んだ。

顔を上げる。そこに、伊崎智子がいた。

「智子さん！」思わず、腰を上げた。

伊崎家とは、家族ぐるみの付き合いがあった。智子の夫である利夫と拓実とが、同じ1Fに勤めるプラントエンジニアであり、高校の先輩後輩でもあるご縁だ。家も近く、伊崎夫妻は何かとかなや徹のことを気に掛けてくれていた。

そんな智子の姿を見て、かなは安堵のあまり、泣きそうになった。

「徹ちゃん、大丈夫？」智子が心配そうに言った。

「はい、なんとか……」

「あ、これ、もらってきたよ」

ミネラルウォーターのペットボトルを、智子がかなに差し出す。

「ありがとうございます。……よかったね、徹」かなは、徹にそのペットボトルを渡した。徹は、それをぎゅっと懐に抱いた。

智子はしばし、愛おしそうに徹を見てから、「ねえ、かなちゃん。拓実さんには連絡取れた?」

「いえ……」かなは、目を伏せた。

拓実には何度も電話を掛けていた。だが、繋がらなかった。きっと停電で電波が繋がらないだけだ、絶対にそうだ、とかなは思うようにしていた。

「利夫さんは、どうですか?」

「ううん」

智子は、憂いを帯びた顔を横に振った。「こっちも連絡はないの。まあ、大丈夫だとは思うけど。ほら、二人ともプロだから」

「……」かなは、返事ができないまま、顎だけを引いた。

プロだから。だから大丈夫。きっとそうだろう。

プロだから。1Fに行かなければいけない。それもわかっている。

きっと無事でいてくれていることも、信じている。でも――。

それでも今、拓実がここにいてくれないことが、悲しかった。この心細さを埋め、私と徹を守ってくれる人がいないことが、つらかった。

責め立てるような人々のざわめきに苛まれながら、かなは、そう思った。

＊

全身を耐火服で包み、酸素ボンベを背負った拓実たちが、中操を出ていく。

彼らの覚悟をまとった後ろ姿を、西川はただじっと、無言で見つめていた。

西川は、中操の2号機側に座り、壁に凭れていた。放射線は、危機的状況にある1号機から照射されている。ほんの数メートルでもそこから離れることで、受ける放射線量を少しでも減らすことができると思ったからだ。見れば、西川だけでなく、ほとんどの者が、中操の同じ側に身を寄せていた。

皆が激励とともに拓実たちを見送った。皆、ベントの成功を祈っていたのだろう。

誰よりも1号機を知る拓実たちならばやってくれる。たとえ、それが『無謀な仕事』であるとしても、拓実たちならば、必ず成功させてくれる。

西川もまた、祈っていた。

お願いします、頼みます、どうか今度こそ、ベントを成功させてください。

だって、さもなくば今度こそ『俺の番』かもしれないんですから――。

祈る額から、汗が滴り落ちた。

突然、当直長席のホットラインが鳴った。伊崎がすかさず受話器を取り上げる。

「はい、伊崎です……はい……えっ？」

伊崎が、はっと息を飲んだ。「排気筒（スタック）から煙？」

蛍光灯の冷たい光に照らされた伊崎の顔が、険しさを帯びる。

皆も腰を上げた。スタックは原子炉建屋内の空気を外に出す煙突だ。そこから煙が出ているということは、原子炉で『何か』が起こっている可能性を示唆する。

受話器を置くことなく、伊崎が叫んだ。

「中で何かが起きてる！　止めろ！　拓実たちを止めろ！」

伊崎が言葉を終えるのを待たず、先輩たちが走り出し、中操から出て行った。

しかし、それを見ていた西川は、動くことができなかった。

＊

地階に降りた拓実たちは、足早に松の廊下を進んでいた。

ハッ、ハッ、と、全面マスクに反響する自分の息遣いが、耳元で聞こえた。

すでにこの位置から高線量になっていることは、なんとなくわかっていた。建屋の中に入れば、もっと過酷（かこく）な環境だろう。サーベイメータが振り切れてしまったくらいなのだから、少なくとも毎時1シーベルトは超えている。だとすれば、被曝（ひばく）線量を抑えるにはできるだけ時間を短くするしかない。

仮に、今の放射線が毎時2シーベルトあるとすれば、単純に計算して、15分の作業で500ミリシーベルトを食らう。何らかの健康影響は覚悟しなければならない線量だ。

人体は、部位によって放射線に対する感受性の違いがある。幹細胞からの分裂が十分に進み『分化した』細胞である神経細胞や筋肉細胞は、放射線の影響をさほど受けない。一方『未分化』の骨髄細胞や生殖細胞は、僅かな放射線にも影響を受けてしまう。500ミリシーベルトも食らえば、身体全体としては平気でも、局所的な障害が起きる可能性は否定できない。

ふと、拓実は思った。そう考えると、生殖細胞がダメになる前に可愛い息子ができて、本当によかったな。

そういえばあいつら、今ごろどこにいるかな。上手く避難できただろうか。

僕がいなくて、心細い思いをしているんじゃないか。

せめて、傍にいてやればよかったんだけれど——頭の中に、かなと徹の笑顔が浮かび、胸がきゅっと締め付けられる。

けれど拓実は、すぐに二人の姿を頭の中から追い出した。かなも徹も、僕の大事な家族だ。けれど、今は家族よりももっと大事なことを成功させなければならない。

薄情なお父さんで、本当にごめん。でも僕には、やらなきゃいけないことがあるんだ。

――目の前に、二重扉が現れた。

ふと、足が止まる。逡巡する。本当に入っていいのかと。

だがすぐ、腹を括り、ハンドルに手を掛けたその瞬間――。

「止まれ！　止まれーっ！」

大声で、誰かが叫んだ。同時に、背後から男に飛び掛かられた。

「何するんだ！　なんで、止めるんだよ！」

混乱しながら問う拓実に、男は答えた。

「いいから戻れっ！　緊対からの指示だ！　スタックから煙が出てるんだよ！」

「……煙？」

何か、あったのか？

拓実の身体から力が抜け、代わりに、ゾッと全身の毛が逆立った。

＊

「はあ？　ベントの煙だって⁉」

伊崎は思わず、ホットラインの受話器を怒鳴り付けた。

中操の全員が、驚いたような顔で伊崎を見る。

受話器の向こうで、緊対にいる吉田が嬉しそうに『そうだよ！』と続けた。

『コンプレッサーで外から空気を送って、AO弁を押し開けたんだ。スタックの煙はそれだ！　1号機のベント、成功だ！』

1号機のベント、成功——。

そうか、成功したか。よかった。伊崎の全身から、緊張が抜けた。

だが直後、衝動的な怒りに駆られ伊崎は怒鳴った。

「だったら先に言えよてめぇ！　部下を殺す気か！　こっちは身体張ってんだぞ！」

『はぁ？　そんなことはわかってんだよ！』

伊崎の剣幕に、吉田も怒りを露わにした。『こっちも色々考えてアタックしてんだ、バカヤロー！』

バカヤローだと？　ふざけんな！

激怒したまま、伊崎は受話器をガチャンと叩きつけると、心の中で呟いた。

ベントは成功した。ありがとう、吉やん、お前さすがだよ、くそっ！

「ベントはどうなったんですか？」

まだ全身装備をしたまま、中操に戻ってきた拓実が訊いた。

ベントのことが気になっているのだろう。伊崎は、険しい表情の拓実に「成功だ」

と答えた。「外からコンプレッサーで空気を入れて、AO弁をこじ開けた」

「そうですか、上手くいきましたか……」

拓実はそのまま、安堵したように椅子に凭れた。

とにかく、これで格納容器の圧は落ち着くだろう。胸を撫で下ろした伊崎に、しかし大森が浮かない表情で言った。

「素直には喜べねぇな。これで、周辺に放射能を撒き散らしたんだから」

「……………」そのとおりだ。伊崎は、目を伏せた。

ベントは、格納容器の内容物を外に出すプロセスだ。ウェットウェルを通って一定程度除去したとはいうものの、莫大な量の放射性物質が環境に放出されただろう。

「おふくろ、ちゃんと避難したかなぁ」誰かが、呟いた。

伊崎はまた、苦々しさを噛み殺す。

親父と家内と娘、あいつらも避難できたかな。

隣の松永さんはどうだろう。皆、無事でいるだろうか。

ああ、俺たちは町を、地域を、故郷を、滅茶苦茶にしちまったんだなあ――。

不意に、重苦しい沈黙が中操を支配する。その雰囲気に耐えかねたように、工藤が、明るい声で言った。「まぁ、それでも格納容器が爆発するより、よっぽどマシだよ」

「んだ。前向きに考えようじゃねぇか」と、大森が同意した。

拓実も、タイベックを脱ぎながら、「そ、そうですよ！　最悪の事態は免れたんですから、よしとしましょうよ」

確かにこれでよしとすべきなのだろう。ベントは成功したのだから。

けれど、ベントの成功で却って困難になったこともある。

「ベントで、建屋内の線量はさらに上がった。1号に入るのは不可能になった……」

と、伊崎は呟くように言った。

「原子炉の状態、どうなってるんでしょうね」と、拓実が問う。

伊崎は、むう、と低い唸り声を挟むと、「炉心溶融が始まっていると思う」

「メルトダウン、ですか」

「ああ。格納容器が壊れたら、終わりだ」

「………」伊崎の言葉に、全員が絶句し、下を向いた。

そのとき、また足下が不穏に揺れた。

*

またた。西川は反射的に、尻を浮かせる。

ぐらぐらと、身体が不安定に揺れる。不気味な大地の身震いだ。

地震は一体、いつになったら俺たちを許してくれるのだろうか。

そして一体、いつになったら俺はこの『地獄』から解放されるのだろう。

嘲笑うような地球の胎動を下半身で感じながら、西川は、酷く消耗していた。

メルトダウンが始まっている。拓実はさっき、そう言った。

核燃料という猛獣は、普段、圧力容器と格納容器、2つの厳重な檻の奥に押し込められている。だがメルトダウンが始まった今、この猛獣が檻を破ろうとしている。いつ檻が破られてもおかしくはない。

そうなれば終わりだ。俺は、解き放たれた猛獣の餌食になる。食い殺される。

莫大な放射線に、身体を貫かれる――。

――私はもう、あんな経験は二度としたくない。私の好きな人にも、させたくない。

――うるさいな！　ほっといてくれ。お前の顔なんかもう、二度と見たくないよ！

いつかの口論が、なぜか思い出された。

ゆかりの言葉がどれだけ真剣でどれだけ重いものだったか、自分が返した言葉がどれだけ冷たいものだったか、今になって痛いほど理解できた。

だからこそ後悔した。俺はどうして、こんな仕事を選んでしまったのだろう？

どうして、こんな仕事に就いてしまったのだろう？

俺は馬鹿だった。そして俺はもう無理だ。限界だ。耐えられない――。

「……俺たちがここにいる意味って、あるんですかね」

西川は、無意識に呟いた。だがその低い声は中操によく響いた。

全員が、西川を見た。

「どういう意味だ」伊崎が、睨むように西川を見た。

一瞬、たじろいだ。しまったと思った。だが、吐いた唾はもう飲み込めない。

西川は自棄になったように、続けた。「つまり……今、俺たちは何もできない状況なんで、その、ここにいても仕方ないんじゃないですかね」

「西川！ お前それでもプラントエンジニアか！」先輩が、隣で怒鳴った。

だが西川は、その言葉にむしろ頭にきた。

はぁ？ プラントエンジニアだったら、無残に死んでもいいってのかよ！

立ち上がると、怒鳴り返す。「何言ってんですか！ 線量が上がって、危険な状況だってわかんないんですか？」

「わかってるよ、でも俺たちが逃げ出したら、誰がこの原子炉を守るんだ！」

「逃げる？ そういうわけじゃないですよ！ ここにいたってしょうがないから一旦、免震棟に撤退して作戦を立てるとか、それでまた戻ってくるとか、その……何か方法があるんじゃないかって言ってるんですよ！」

「何が起こるかわからねぇから、ここを離れられねぇんだろうが！」

「でも、ここにいたら無駄死になんですよ？」

「何だと、てめぇ自分が何を言ってるか、わかってるのか？」先輩が、西川に摑み掛かった。

西川は、何も答えなかった。自分が一体、何に抗い、何を主張しているのかもよくわからないまま、心の中にある恐怖を吐き出しただけだったからだ。だから、先輩に身体を揺すられ続けながら西川は、ただ、不貞腐れたような仏頂面を続けるしかなかった。

「お前ら、やめろ！」

小競り合いを続ける西川たちを、伊崎が止めた。

伊崎は立ち上がると、西川と、西川の周囲に集まっていた、まだ若い運転員たち一人ひとりの顔を順繰りに見つめ、一言一句を嚙み締めるように言った。

「俺たちがここにいるのは、ふるさとを守るためだ。その俺たちがここから撤退したら、そのふるさとを見放すことになるんだよ。今、避難している人たちは、俺たちに、なんとかしてくれという気持ちで見てるんだ。俺は……ここで生まれて、ここで育った。そのふるさとを、俺は何がなんでも守りたいんだ」

切々と訴え掛ける伊崎。その姿を、一同は食い入るように見つめていた。

伊崎は、続けた。「みんな、家族がいるだろう。俺の家族だっている。これからどういう状況になるかはわからない……でも！　最後になんとかしなきゃならないのは、現場にいる俺たちだ。家族を、ふるさとを守れるかどうかは、俺たちの手に懸かっているんだよ。だから！」

ひとつ、息を落ち着けると、伊崎は断言した。「ここを出るわけには、いかない」

強い言葉だった。

西川は、自分の身体から力が抜けていくのを感じた。

俺にも――家族がいる。家族になりたい女性もいる。

その彼女を守れるかどうかは、俺たちの手に懸かっている。

だから俺は、踏み留まるのか。愛するゆかりのために。

伊崎は、若い男たちを諭すように、なおも言葉を継いだ。

「メータ表示をひとつ見るだけでも、ここにいる意味はあるんだ。原子炉の制御を諦めちゃいけない。もちろん、若いお前たちを危険なところへ行かせはしない。所長がなんと言おうと、最後は、俺がまず責任を持ってお前たちを退避させる。それまでは……ここに残ってくれ」

頼む！　そう言うと伊崎は、深々と頭を下げた。

その後ろにいた大森が、工藤が、そしてベテランの先輩たちが、伊崎の横に何人も並ぶと、同じように頭を下げた。

尊敬していた当直長が、当直副長が、先輩たちが、俺たちに頭を下げている。

ぐっと、胸に詰まるものを感じ、西川も思わず頭を下げた——そのとき。

ドォン、と突然、腹に響く巨大な爆発音が中操全体を貫いた。

「マスクをつけろ！」と、伊崎が叫んだ。

2011年3月12日15時36分
正門付近　毎時5・5マイクロシーベルト

『そ……速報です！　さ、先ほど、福島第一原発で爆発事故が発生した模様です』

突然のニュースに、避難所の住民たちはテレビの前で鈴なりになっていた。

映像は何度も、1Fの爆発映像を繰り返していた。遠景で見える4つの白い建屋のうち、もっとも左の建物が衝撃波とともに爆発し、灰色の煙の中に消えていく。

避難所の人だかりの後ろから、その映像を観たかなは、全身が粟立つ（あわだつ）のを感じた。

まるで、戦争のようだった。

とても、あれが今、この日本で起きていることだとは思えなかった。避難所からたった数十キロしか離れていない原発が爆発してしまうなんて、信じられなかった。まさに今、夫が復旧作業を行っている場所で起きている出来事なのだということも──。

「もう、終わりだぁ！」誰かが、裏返った声を上げた。

「ありゃあ助からねぇなぁ。みんな、死んじまったっぺ」

「核爆発じゃねぇのかぁ？　俺たち、大丈夫かぁ？」

「くそっ、あんなところに原発なんか造るからいけねぇんだぁ」

避難所の人々が、悲しみと不安と怒りを綯い交ぜにしながら、言い合っていた。

「これから、どうなるんだ」

「もう一生、家には帰れねぇぞ」

「ふざけんなよ、冗談じゃねぇぞ！　こんなことになっちまって……一体、誰のせいなんだぁ？」

かなも知っている地域の人たちが、罵るような声を上げている。ドンドンと彼らが八つ当たりのように床を踏み鳴らす音を聞きながら、かなは、智子と一緒に、息を凝らしてテレビを見つめているしかなかった。

拓実さん、無事かなぁ──。

ジャンパーの前を合わせると、かなは、薬指の指輪をそっとなぞった。

ふと、かなは、少し離れたところから男がじっと自分を見ていることに気付いた。なんだろう？　顔を上げたかなに、しかし男は視線を逸らすことなく、かなの胸の辺りを冷ややかな目で見つめていた。

智子が、囁いた。「かなちゃん、それ脱いだ方がいいよ」

「えっ？」かなは初めて、ジャンパーの胸を見た。

東電のワッペンが刺繍されていた。男はそれを見ていたのだ。かなは慌ててジャンパーを脱ぐと、そのワッペンが見えないよう裏地を表にして小さく丸めた。

途端に、冷たい空気がセーター越しに染み入った。

「寒いでしょ？」身震いをしたかなに、智子がそっと上着を貸してくれた。

「すみません」

礼を述べた。だが、上の空だった。

悲しくて、不安で、心配で、どうしたらいいか、わからない。いろんなものに、今にも圧し潰されそうになっていた。

「拓実さん……」我慢できず、かなは、誰にも聞こえないように、そっと夫の名を呟く。

答えてくれる人は、いない。

＊

衝撃は、免震重要棟の緊対も貫いていた。

樋口の身体は、突然縦に大きく揺らされた。バンと大きな音がして、天井板がはじけ飛ぶように落ちた。もうもうと舞う埃の中、吉田が叫んだ。

「何が起こったんだ！」

「じ、地震？」樋口はそう呟き、すぐにこれは違うと気づいた。

地震ならばまず地鳴りがして、それから揺れる。本震にも一定の長さと余韻があるはずだが、そういったものが一切感じられない。加えて、地震によって天井が落ちることはない。免震重要棟は、それほどやわな設計で造られてはいないからだ。

だとすると。これは？

訝る樋口の耳に、今まさに飛び込んできた運転員の上ずった声が轟いた。

「爆発です！　い……1号機が爆発！」

「なんだと！」

吉田が、本部長席で立ち上がる。「落ち着け！　まずは被害状況を確認しろ！　皆は無事か？　原子炉建屋はどうなってる？　復旧作業への影響についても調べろ！」

吉田の指示に、にわかに緊対が慌ただしく動き出した。

「一体、何の爆発なんだろう……」

事務本館から応援にきていた女性職員が、青ざめた顔で不安そうに呟いた。「まさか、核爆発……」

「いや、それはないよ」

樋口は、彼女を宥めるように言った。「核燃料はそう簡単に臨界を起こさない。たぶん、水素爆発だろう。格納容器の中で高温になったジルコニウム合金は水と反応して水素を出すんだ。爆発したのは、たぶんそれだよ」

「そうだったんですか……でも、大丈夫でしょうか」

「……大丈夫だ」頷きながら、しかし樋口は言葉とは裏腹の思いに囚われていた。

水素爆発だって、猛烈なエネルギーを持っている。もし、格納容器と圧力容器が水素爆発でダメージを受けていたとしたら――。

「大丈夫だ！」自分自身に言い聞かせるように、樋口はもう一度、大きく頷いた――。

「所長！　大変です！」

緊対に、血相を変えた復旧班が駆け込んだ。「電源車のケーブルがやられました！」

「なんだって？」

「建屋と車を結ぶケーブルが瓦礫でぶった切られて……クソッ、あともう少しで電源が回復できるところだったのに」

「…………」吉田が、深刻そうに眉を寄せた。

「これで一からやり直しです。所長……すみませんでした」

深々と頭を下げる部下の肩を、吉田はポンと叩いた。

「仕方ねえよ。こうなっちまったんじゃあ。それより……みんな！」

緊対に響き渡る大きな声で、吉田は言った。「いいか、落ち着けよ！　こういうときだから、浮き足立たずに自分の仕事をするんだ！　いいな！」

「はい！」

全員がまた、動き出す。まごつく者はひとりもいない。

そんな吉田の姿に、樋口は一種の感動を覚えた。誰よりも今の状況を理解し、誰よりも憔悴していいはずの吉田が、誰よりも落ち着き、誰よりも的確に指示を出している。

だからこそ、皆が吉田を信じて、狼狽えることなく動くことができる。

注水チームが、吉田に報告した。「所長、注水用の真水がなくなりそうです」

吉田は、即座に答えた。「仕方ない。海水注入の準備をしろ」

「わかりました」チームがまた、自分の仕事をまっとうするため現場に戻っていく。

樋口は思う。原子炉を冷やすため、消防車を使って水を注入している。だがその水が尽きそうだ。どうする？

普通なら考え込むだろう。海水には塩分などの不純物が大量に含まれている。それが原子炉にどう影響を与えるかわからないからだ。

だがこの修羅場で、吉田は恐ろしいほどの速さで「海水を使え」と判断を下した。

おそらく、吉田の頭の中は今、とてつもない速さで回転しているのだ。

仮に、俺があの立場にいたとして――俺は、所長のように振る舞えるだろうか？

「……なあ、樋口」

不意に吉田が、呆然（ぼうぜん）とする樋口に訊（き）いた。「さっき、天井が落ちたろ」

「えっ？　ああ……はい、落ちました。廊下も同じです」

「線量はどうなったと思う？」

「たぶん、爆発の衝撃で、空調のダンパーが壊れたでしょうから……」

「上がってるか。まあ、外とツーツーじゃしゃあねえな。目張り、しておいてくれ」

「はい、もちろん」

首を縦に振った樋口に、吉田は、独り言のように言った。「中操、大丈夫かな」

「…………」樋口は、答えられなかった。

＊

「えっ？　原子炉建屋（リアクタービル）の5階がない？」

ホットラインからの連絡を聞きながら、伊崎は愕然（がくぜん）とした。

爆音、震動、そして中操に充満する白い靄。尋常でない何かが起こったのだということは、伊崎にもわかっていた。

だがしばらくは、何が起こったのかがわからなかった。

不安だけが頭に過る中、それがわかったのは、緊対からのホットラインで『外から見た』情報を聞いてからだった。

1号機建屋で、爆発が起きた。

おそらく水素爆発だろう。話を聞いた伊崎はすぐにそう思った。

水素は空気と比べると重さが14分の1しかない。したがって、原子炉から発生した水素は、建屋の最上階である5階に空気と混ざりながら滞留する。そこに小さな火花が飛んで大規模な爆発が起き、建屋の5階を吹っ飛ばしたのだ。

なるほど、これで事実関係はわかった。だがそれでも、問題はまだ2つある。

ひとつは、これからどうなるか。爆発したのは水素でも、その悪影響が確実に格納容器や圧力容器に及ぼされている。損傷があっただろうか。計器類は作動するか。今後、放射線量はどう推移するだろうか。確かめていかなければならない。

そして、もうひとつは——これから、俺たちはどうするか。

伊崎は、そっとホットラインの受話器を置くと数秒、じっと考えた。

それから、当直長席で立ち上がると、中操の一同を見つめながら、静かに言った。

「……若い人間を、退避させる」

＊

遥香は、避難所の外で携帯電話を掛けていた。

混み合った回線は、何十回チャレンジしてもなかなか繋がらない。

天気が少しずつ悪くなっているようだった。曇りがちの空から、ちらちらと綿毛のような雪が舞い降りてくる。幻想的な光景に、遥香は忌々しさだけが募る。

ふと、思い出したように回線が繋がった。電話の相手が出るや、遥香は言った。

「もしもし、滝沢さん？……私、遥香よ。ううん、こっちはなんとか大丈夫。今は避難所にいるから。それより会津のほうはどう？」

『ああ、こっちも心配ない』電話の向こうで、男が言った。

彼の名は滝沢大。会津に住む遥香の恋人だ。昨日の地震の直後、真っ先に連絡を寄越してくれた、とても優しい人だ。耳を澄ませば、滝沢の後ろで子供の声がした。よかった、パパと一緒にいるんだね——。

『それより、テレビ、見たぞ』

滝沢が、心配そうに言った。『お父さん、まだあそこで頑張ってるんだろう？大丈夫なのか？』

「…………」遥香は、黙り込んだ。そして、ふと思い出した。

一昨日(おととい)の夜——。

睨(にら)みあう父が、眉を顰(ひそ)めてそう言った。

「遥香、頭を冷やせ」

「私は冷静よ？」

声を張り上げたくなるのを堪(こら)えながら、遥香は答えた。「感情的になっているのは、お父さんのほうじゃないの？」

だが父は、遥香の質問には答えず、「苦労するのは目に見えてるだろう」

「はあ？ なんでわかるのよ」

「わかるよそりゃ！ 16歳も上のバツイチ子持ちだぞ？ 上手(うま)くなんか行くわけねぇだろが」

「決めつけないでよ！」

遥香の頭にもカッと血が上った。「私がいいって言ってるんだから、いいじゃない」

「俺は、嫌だ」父は、遥香の神経を逆撫(さかな)でするように、大袈裟(おおげさ)に首を横に振った。

「子供か」遥香は、吐き捨てるように言った。

俺が嫌だからダメだ。そんなのただの横暴だ。子供じみたことを言いやがって、頭が冷えてないのはどっちだよ！

だが父は、呆れたような声色で続けた。「なあ、遥香。一体俺が、お前を何のために、どんな思いで育ててきたと思ってるんだ？　24年も好きなことをさせて、東京の大学まで行かせてよ……まったく、俺は何のために働いてきたんだ？　大事な一人娘を子持ちの四十男にやるためか？」

「…………」

避難所の外で、遥香は携帯電話を握り締める。

確かに、滝沢さんは子持ちだよ。四十男だよ。私だって好きにさせてもらってきたよ。ああ、間違ってないよ。間違ってないけど、それでも、少しくらい私のことを信じてくれたっていいんじゃないの？

ふと、母の言葉が耳の奥に蘇る。

――きっと、時間が解決するから。ね？　ゆっくり待とう？

待つ、か。確かにそれも方策だった。でも――。

「……そんな余裕、もうなくなっちゃったじゃん」

冷たい風に首筋を撫でられながら、遥香は、薄暗く不穏な空を見上げた。

＊

「これ以上、若い者をここに残すわけにはいかないんだ。早く緊対へ行け！」

伊崎が、「ここに残る」と食い下がる若手の運転員たちに、怒鳴っていた。

彼らの汗と埃に塗れた顔には、さまざまな感情が浮かんでいた。困惑や、苛立ち、安堵、何よりも「本当に先輩たちをここに残していいのだろうか」という申し訳なさも、彼らの目の光の中には浮かんでいた。

拓実は、だから、あえて彼らに笑顔で言った。

「当直長の命令だよ。したがわないと」

「そうだ、心配すんな。こう見えてオヤジはしぶてぇんだ」大森が、軽口を飛ばした。

「だてに半世紀も生きていませんからね」

拓実の言葉に、ベテランたちが鷹揚に笑う。

先輩の笑顔に促されたように、若手の運転員たちが一人またひとりと、中操の扉から出て行った。

ある者は伊崎に会釈をして、ある者は深々と頭を下げて、あるいは気まずそうに目を逸らせて、中操を後にした。

それぞれの所作で、それぞれの去り方をする彼らには、きっと、それぞれの思いがあったのだろう。それは、悔しさかもしれないし、義務感かもしれないし、いることが嫌で嫌でしょうがない気持ちだったかもしれない。

それでも踏み止まり続けてくれた彼らを、拓実は、心から労いつつ、見送った。

最後に西川が、伊崎の前に立った。

「当直長、俺……」西川はそう言ったきり、言葉に詰まった。

自分たちがここにいる意味はあるのか？　先刻、そう伊崎に言い放った西川は、今、明らかに戸惑っていた。西川はきっと、ここにいるべき意味を見出したのだ、だからこそ逡巡しているのだ。そういうふうに、拓実には思えた。

伊崎もきっと、同じ気持ちを感じたのだろう。口角を上げると、

「……行けよ」とだけ、言った。

西川は、ぐっと歯を食いしばると、腰の高さまで深く頭をさげ、早足で出て行った。

そして中操には、ベテランだけが残された。

人がいなくなれば、中操はやけにガランとしていた。ああ、こんなに広かったんだなあと改めて思う拓実の横で、誰かが言った。

「年寄りだけになったなぁ」

冗談めかしたその言葉に、伊崎がすぐ応じた。「17人の年寄りだな」

「七人の侍みたいじゃねぇか」ははは、とつられたように、皆が笑った。

拓実自身も笑いながら、きっと、皆ほっとしているのだろうと思った。若い人間を道連れにしている、そんな申し訳なさから解放されたからだ。その証拠に、責任者である伊崎が、誰よりも安堵したような表情を浮かべていた。

いい顔しているなあ、皆。こんな状況なのに。

だからだろうか、ふと拓実は、思いついた。

「……ねえ、最後だから、写真を撮りましょうよ」

仕事用のデジタルカメラを手に、皆を促した。

「縁起でもないことを言うんじゃねぇよ」伊崎が、拓実を叱る。

「そんなこと言わないで。ほら、まず当直長から」拓実は、伊崎にカメラを向けると、フラッシュを焚いた。

大森が言った。「ちゃんと撮ってくれよ？　遺影になるかもしれねぇからな」

「全面マスクの遺影ですか？」そう言いながら拓実は、皆のそれぞれの姿をフレームに収めた。

全面マスクどころか、ヘルメットに耐火服だ。誰がだれやらわかったものじゃない。

それでも、大森は言った。「これでいいんだよ。運転員らしいじゃねぇか」

「死んだら、やっぱり殉職ってことになるのかなぁ」誰かが、言った。

「殉職かぁ。刑事ドラマみたいでかっこいいですね」

拓実は、ははっと笑って答えた。だが——。

「何がかっこいいだよ」

と、誰かが怒りを滲ませた声色で言った。「放射能を浴びて死ぬってことがどういうことか、わかってるのか？　お前ら、ＪＣＯの事故を忘れたのか？」

「…………」

沈黙。その奥にあるのは、運転員ならば誰もが知るあの事件の、凄惨さだ。

「思い出せよ。二人死んだろ。全身の細胞が死んでくんだ。悲惨なんてもんじゃねぇぞ。それを、かっこいいとか……嘘でも言うんじゃねぇ！」

「…………」重苦しい沈鬱さが、一同を支配した。

放射線障害が、どんなに残酷な結果を生み出すか。

あえて考えないようにしてきたその恐ろしさが、今さら思い出された。

だからこそ、拓実はわざとおどけて言った。

「……と、撮りましょう？　ね？」

拓実の言葉に、緊張が解けた皆は一瞬、ほっとしたように口元をほころばせた後、先刻と同じように、冗談を言ったり、親指を立てたりして、おどけ始めた。

そんな拓実たちを、ひとり伊崎だけは、物憂げに見つめていた。

2011年3月12日19時25分
正門付近 毎時5・2マイクロシーベルト

「うわっ」男子トイレの惨状に、真理は思わずたじろいだ。

段ボールや緩衝材など不用品が山と積まれている。水が止まっているせいで色々な汚物も流せていなかった。もちろん、臭いも酷い。だが、トイレは人間にとって絶対に必要な空間だ。何百人もの健康を保つためには、ここがきちんとしている必要がある。

だからこそ、真理はきた。

「ああ、浅野さん、男子トイレはいいですよ、僕らがやりますから……」ブラシとバケツを持った真理の姿を見て、先にトイレ掃除をしていた男が言った。

「いいのいいの!」

真理は、腕まくりをすると、「手が空いてるんだから、やれる人がやらないと……うわぁ、それにしても酷いねこれ」

「すみません……」

すまなそうな面持ちの男とともに、真理は黙々とトイレを掃除し続けた。

真理は、妙に元気だった。昨日の地震から一睡もしていないし、休憩を取った覚えもない。とっくに体力が尽きていてもおかしくないはずなのに、おそろしいほど気力だけは満ちていた。そのせいで、こうやって何かしていないと妙に落ち着かない。

それが、自分でも不思議だった。どうしてだろう？　それだけ気が張っているということかしら。まあ、元気なのに越したことはないけれど。

男子トイレをとりあえず『なんとかした』程度には綺麗にすると、真理は、休むことなくミネラルウォーターのペットボトルを届けに緊対に行った。

部屋に入るとすぐ、本店と電話する吉田の大声が耳に入った。

「海水注入？　やってますよ。もう入れてますから」

ああ、そういえば誰かが言っていたっけ。原子炉を冷やすための真水がなくなり、海水を汲み上げているって。

どんな手段だろうが、冷やさなければ原子炉が爆発してしまう。これが当然の方策だということは、事務方の真理にも簡単に理解できた。

だが吉田は、電話に向かって顔を顰めた。

「はあ？　注入を止めろ？　何言ってるんですか！」

緊対のほぼ全員が、会話を止めて吉田の方を見た。

海水注入を止める？　本店は所長に一体何を指示しているんだ？

「もう入れ始めたのに、止められるわけが……はあ？　官邸？　何言ってるんですか！　止めたらどうなるか、わかってるんですか？……えっ、不純物？」

吉田は、本店と激しい口論を続けた。

真理も、ペットボトルの段ボールを抱えたまま、そのやり取りの行く末を見守る。

「馬鹿なこと言わんでくださいよ！　海水だろうが何だろうが、とにかく冷やすことが最優先でしょうが！　そんなこともわからんわけないでしょう。……だから、ちゃんと説明してくださいよ。……そうです！　止めません！」

ガチャン、と吉田は受話器を叩きつけるようにして切った。

すぐ、傍にいた樋口が訊いた。「所長、まさか本店、海水注入を止めろって言ってるんですか？」

「ああ。首相サイドが、余計な口を挟んでるらしい」

「ええっ？　なんでです？」

「塩だよ。蒸発した後にできた塩の結晶のせいで再臨界を起こすかもしれないって言ってるんだ」

「ええっ、まさか！」

樋口が、口をあんぐりと開けた。「そんなの聞いたこともないですよ。そりゃ塩の放射化くらいあるかもしれないですけれど、塩があるから再臨界だなんて……」

「だろ？　いちいち馬鹿げてるんだよ。きっと何も知らん奴があることないこと吹きこんでんだ。それをいちいち聞く方も聞く方だよ。まったく、素人は黙ってろってんだ！」

「ですよね。でも……」樋口が、もごもごと語尾を濁した。

「わかってるよ」吉田は、本部長席から立ち上がると、注水担当の男の背後に行った。

そして、男の耳元に顔を寄せ、そっと囁く。

「これからテレビ会議がある。それを通じて、本店から海水注入の中止命令がくるかもしれない。そしたら……」

ひそひそ声。吉田がその後で何を言ったか、真理にはわからなかった。

本当に中止命令がくるのだろうか。その命令を受けたら、所長は海水注入を止めてしまうのだろうか。真理は不安になる。だが――。

「……わかりました」

指示を受けた男が、真剣な顔で頷いたのを見て、真理は察した。

所長はたぶん、海水注入を止めない。その代わり――何かを企んでいる、と。

＊

『吉田所長……吉田くん』

テレビ会議。ディスプレイの向こうにいる小野寺は、昨日と同じ澄ましたような無表情で座ったまま、淡々と指示をした。

『官邸は、海水注入はまだ早いと言っています。ですので、海水注入をストップしてください』

小野寺の、まるで他人事のような口調。

吉田の隣で聞いていた樋口の腹に、怒りが沸々と湧き上がった。

本店は、現場の人間が原子炉を冷やすために命懸けで働いているとわかっているのか。その覚悟と努力を、まず起こり得ない再臨界を恐れる首相官邸にホイホイ頭を下げ、結果としてすべて反故にしようとしていることが、わかっているのか。

だが、それでも緊対にいる樋口たちは、あくまでも『命令される側』だ。どんなに馬鹿げた指示であっても、命令されれば首肯するしかないのだ。だから、

「わかりました」

吉田は、素直に首を縦に振ると、復旧班に向かって、聞こえよがしの大声を発した。

「おーい！　海水注入をストップしてくれ！　中止だ！」

「了解しました！」復旧班が、怒鳴るように返事した。

吉田は、ざっと席を立つと、ディスプレイの向こうで満足そうに顎を引いた小野寺に、

「本店！　吉田は……小便に行ってきます！」と、くるりと背を向けると、緊対を颯爽と出て行った。

だが、樋口は知っていた。

本当は、海水注入を続行している。止めてはいない。

あらかじめ吉田は「止めろと指示するが、止めなくていい」と言っていたのだ。

もちろん、これは吉田の本店に対する命令違反だ。だが皆、その命令違反を歓迎していた。なぜなら皆、今、自分たちが闘っている理由を、身をもって知っていたからだ。

今、俺たちは何のために闘っているのか？

会社のためか？　自分のためか？　違う。『命』のためだ。この世の中で一番大事な命を守るために、俺たちは闘っているのだ。

原子炉が暴走すれば多くの命が失われる。自分たちはもちろん、この故郷に住む人々の命が失われる。ともすれば、日本という国の命さえ失われるかもしれない。そ

うならないために、ぎりぎりの所で踏み止まるために、俺たちは身体を張って戦っているのだ。

吉田はきっと、見せつけたのだ。

本質を見誤ったまま指示する本店と、我を忘れ慌てふためく首相官邸に、『今、本当に大事なことが何か』を――そう、樋口は思った。

第三章

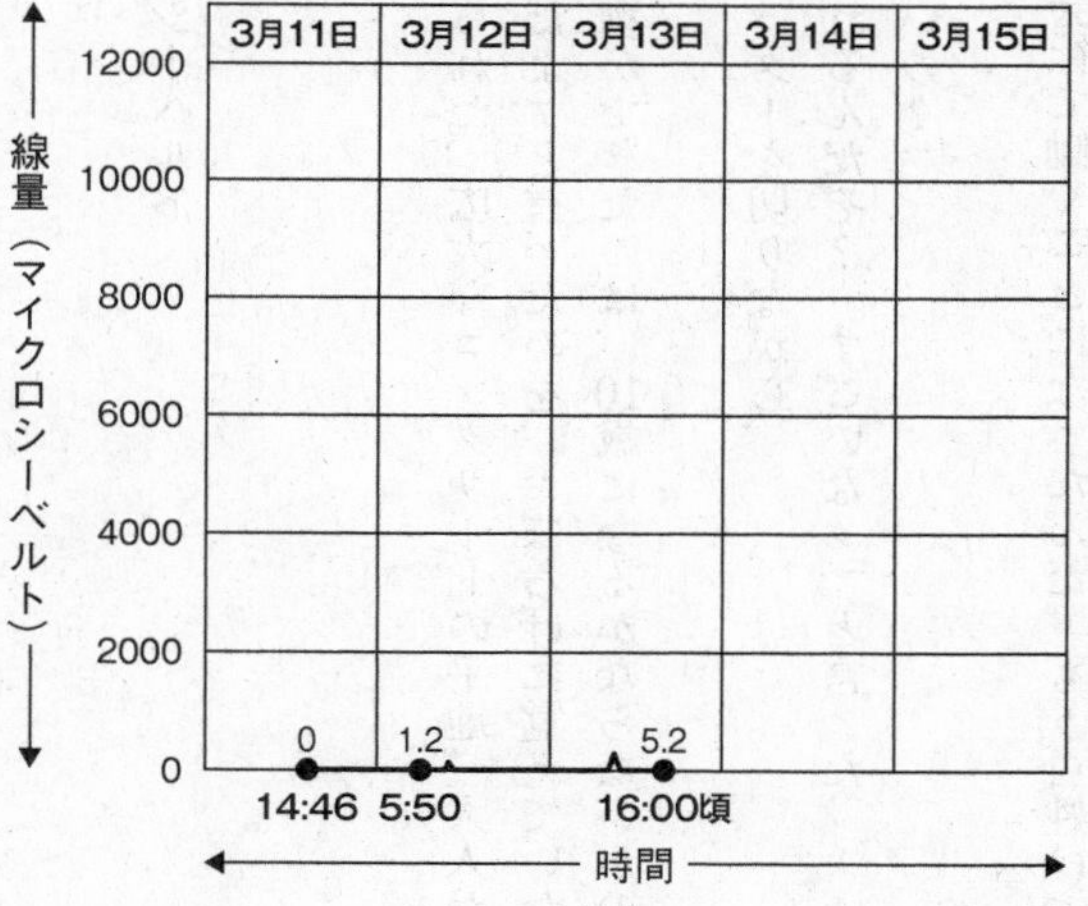

3月11日
3月12日
3月13日
3月14日
3月15日
12000
10000
8000
6000
4000
2000
0
線量（マイクロシーベルト）
0
1.2
5.2
14:46
5:50
16:00頃
時間

2011年3月13日16時頃
正門付近　毎時5・2マイクロシーベルト

あれは、いつのことだっただろう――。

そこは、大きな飛行場の跡地だった。

青く美しい太平洋に面した崖の上に造られた、広大なコンクリートの平地。大人たちが「特攻の人たちがここで訓練したんだよ」と言ったのを、おぼろげに覚えていた。

そこに突然、見たこともない大きな建物ができたのは、10歳になるかならないかのころだ。

親父が、買ったばかりのカメラのシャッターを切りながら、

「利夫、ここで作った電気が東京に送られるんだぞ？　すごいなぁ」と言った。

「お父さん、もう出稼ぎに行かなくていいの？」

「ああ、そうだ」

父は嬉しそうに頷いた。「原発の関連会社で働くことになったんだ。もう百姓はやめだ。出稼ぎにも行かなくていいんだ」

「じゃあ、お正月はおうちにいるんだね!」

「そうだ。一緒に、初詣(はつもうで)に行こうな」

「うん!」ただただ、嬉しかった。

あの、電気を作る建物のお陰だ。そう、純粋に思った。

あれは、いつのことだっただろう——。

「これが、原子炉格納容器です。大きいでしょう?」

綺麗(きれい)なお姉さんが、澄んだ声で説明していた。

詰襟の首を気にしながらも、説明に聞き入った。「沸騰水型原子炉(BWR)といって、ウランが核分裂するときに発生する熱で水を沸かし、蒸気を作ります。その蒸気が発電機のタービンを回して、電気を作ります。10万軒以上のおうちに、光を灯(とも)すんですよ」

すげぇ!と同級生が感嘆の声を上げた。

お姉さんは、にっこりと口角を上げると、「原子力はね、少ないコストで莫大(ばくだい)なエネルギーを生み出します。しかも、火力発電所の煤煙(ばいえん)のような、公害を発生させないクリーンなエネルギーです。まさに、未来のエネルギーと言っていいでしょう!」

こんなに大きなものが、あの建物の中に入っていて、原子力をコントロールしているのかあ。

すごいなあ。いつか、この仕事をしてみたいなあ——見上げる『科学の結晶』に圧倒されながら、いつまでもぽかんと口を開けていた。

あれは、いつのことだっただろう——。

「智子! よくやった!」思わず、電話口で叫んでいた。

夜明けのことだった。

破水した、と聞いてはいたが、生憎の当直で中操を離れられず、もどかしい夜を過ごしていた。仕事が終わるころになってようやく、外線電話でその一報を聞いた。

心から安堵し、それから、涙が出るほどの喜びが込み上げた。

『でも、女の子だったの……ごめんね』

智子はすまなそうに言った。『あなた、男の子がいいって言ってたから』

「馬鹿野郎! 何言ってんだ」

涙で顔をぐしゃぐしゃにしながら言った。「男も女も関係ない、俺たちの子供だよ! そうか……無事に生まれてきてくれたんだな……」

感慨が、中操の空調がゴォーッと動く、落ち着く音の中に染み入っていく。

まるでこの場所が自分を優しく包んでくれているように錯覚しながら、いつまでも、生まれた女の子の名前を何にしようか、考え続けていた——。

——ホットラインが、目の前で鳴った。

伊崎は、ハッと目を覚ました。

いまだ電源が戻らず、暗闇の中操に、微かにゴォーッと不気味な音が聞こえている。

今、何時だ？　時計を探した。ここにいると、真っ暗で時間感覚がわからなくなる。時刻を確認して、ずいぶんと眠ってしまったことを知った。やはり疲労はピークに達している。見回せば、中操にいる面々も皆、ぐったりとしていた。

それにしても俺は今、何か、夢を見ていたような気がするが——。

ホットラインが、もう一度鳴った。伊崎はすぐに、受話器を取り上げた。

『伊崎か？　俺だ』

吉田の声だ。「ああ」と答える伊崎に、吉田は続けた。『3号の線量が急上昇していて、爆発する可能性がある』

「なんだって、3号機が？」伊崎は、受話器を取り落としそうになる。

1号機と2号機だけじゃなく、3号機も、危機的状況にあったのか。

『屋外での作業はすべて中止させろ。あと中操も、データ収集の人員を除いて、免震重要棟に引き上げるんだ』

「嫌だ。帰れない」伊崎は即答した。

『帰れ。命令だ』吉田もまた、即座に言った。

静かだが、強い口調。伊崎の決意を思いつつ、それでも退避を命じなければならない悔しさが滲んでいた。

苦渋に歪んだ吉田の顔が思い浮かぶ。伊崎は、ややあってから言った。

「ここから退くのか?」

『一旦だ。今後は当面、中操内に留まるのは交代制にする。伊崎、お前も戻って俺に現状報告をしてくれ』

「……わかった」

受話器を置くと、伊崎はすぐ皆に言った。「所長の指示だ。皆、今後は5名ずつの交代制になる」

「なんでですか?」拓実が訊いた。

「3号機が危ないらしい」

「3号機が……」皆が、息を飲んだ。

だが拓実は、口角を上げると、「交代制なら、僕、ここに残ります」

「拓実、でもそれは……」

「いいんですよ。だって、当直長は所長に報告しなきゃいけないでしょう?」

「お前……」拓実は、こんなときでも落ち着き、口角を上げ、それでいて一番危ない場所にいることを、自ら志願してくれる。

伊崎は、心からの感謝とともに頭を下げた。

「ありがとう。後を頼む」

――5人を中操に残し、伊崎たち12人は丸2日ぶりに建屋を出た。

まず、太陽の眩しさに思わず目を細めた。

やがて目が慣れるにつれて、周囲の状況がわかり始める。

散乱する瓦礫。流された車と、ひしゃげたタンク。あちこちにある水溜まり。潮の臭い。そして――。

「なんだぁ、ありゃぁ、5階がなくなっちまってるぞ」誰かが、声を裏返した。

「まるで空爆でねぇか……」大森が、愕然とした表情で呟いた。

伊崎も信じられなかった。建屋の5階が吹っ飛んだとは聞いていたが、まさか、ここまで酷いことになっていたとは。

愕然としたまま、伊崎たちは早足で免震重要棟に戻った。

免震重要棟には、今も何百人もの人間が詰めていた。これだけの人々が踏みとどまっている。この事実に胸を揺さぶられながら2階に上がると、緊急時対策室でも、誰もが休むことなく動き続け、誰もが疲れ切った顔をしていた。

円卓で指示をしていた吉田が、伊崎に気付き、立ち上がった。「伊崎か！」

伊崎は一歩前に出ると、

「所長、5名を残して、12名、戻ってきました」と、吉田に報告した。

「ご苦労さま、大森さんも、皆さんも、全然寝てないんでしょう？　どうか、ゆっくり休んでくださいね、本当にありがとう」

吉田は、伊崎たちひとりひとりの肩を叩き、手を握ると、優しい声で慇懃に労った。

事故があってから、ホットライン越しでしか話をすることがなかった吉田。

そんな吉田にようやく対面し、安堵しながらも、伊崎は、その吉田が今、伊崎たちを含むこの場にいる誰よりもやつれ、憔悴していることに、ぎゅっと心臓を掴まれたような気がした。

＊

拓実は、当直副長席に浅く腰掛けながら、がらんとした中操を見つめていた。

遂に、5人になってしまった。

拓実たちの仕事は、もはや定期的な計器の確認や、線量測定くらいしかない。そのための人数としては十分なくらいだが、それでも、心細さは誤魔化せない。

当直長席も、今は主である伊崎がおらず、蛍光灯も消されている。

残った者の中にも当直長職の男はいた。だが、きっと『ここの当直長は伊崎だ』というふうに思っているのだろう。少し離れた場所で、身じろぎもせずに計器を見つめていた。

日の光が入らない、鉄とコンクリートで囲まれた頑強な箱。中も外も放射性物質に汚染され、今も強い放射線が自分の身体を貫き続けている。

拓実はふと、思った――まるで、棺桶の中のようだなあ。

思ってから、ぞっとした。

棺桶？　そうか、僕はこの棺桶で死ぬのか。

唐突に、胃の奥から苦いものが込み上げてきた。昨日まで、あれだけ『遺影』だの『殉職』だの言ってきたのに、今さら本気で『死』が実感されてきたのだ。

遂に、考えてはいけないことを考えてしまったと、酷く後悔した。

2011年3月14日7時ごろ
正門付近　毎時4・8マイクロシーベルト

吉田が、本店とのテレビ会議に臨んでいた。

昨日の夕方、免震重要棟に戻ってきた伊崎は、ほんの少しの休憩と睡眠をとった後、すぐに緊対に詰めた。復旧班や発電班への助言、手伝いから雑用まで、中操の状況を熟知している伊崎にできることは山ほどあったからだ。

その伊崎が緊対で最も驚いたのは、本店の対応だった。

ベントをしろという命令がなかなか下りてこないこともそうだが、中操にいて、緊対の指示がどうも『ちぐはぐ』だと感じていた。機動性を欠いていたし、吉田の言動と、実際の指示とに何となく齟齬がある。なぜだろう、とずっと思っていたのだ。

その疑問は、緊対にきて氷解した。

すべては、吉田や伊崎を始めとする『現場』と、本店がある『東京』との感覚の違いにあったのだ。

今も、ディスプレイの向こうで、本店の小野寺は訊いている。

『吉田所長、2号機のベントの準備もありますし、消防車を使った注水作業も、電源の復旧作業もあるでしょう。現場にそろそろ人を出してはどうだろうか？』

何とも簡単に言ってくれるものだ。まるで他人事のように。

発電班の席で、テレビ会議を見ていた伊崎は苦笑した。こいつ、今の俺たちの状況がわかってんのか？

小野寺の指示に、吉田は困ったように、「勘弁してくださいよ。2号も3号も、いつ爆発するか、わかんねえんだよ」

『でも、格納容器の圧力は安定してきているんでしょ？』

「そうですけど……」

『でしたら、作業を開始してください。ベントができずに格納容器が吹っ飛んだらどうしようもないでしょう』

「…………」吉田があからさまに、怒ったように口を歪めた。

小野寺の言うことは、正論だ。

だがその東京で述べられる正論に対して、実際に飛び込んでいくのは、現場にいる俺たちなのだ。

小野寺の意図は、もちろん吉田も理解している。だが、同時にそれが伊崎たちの生命を危険に曝すこともわかっている。

だから吉田は、苛立ちを滲ませながら、小野寺に抗うのだ。

「そっちにもデータは行ってるんだろ？　やろうにも、線量が高くって行けないんだよ」

『しかし……』

「言えばいいだけのおたくらが羨ましいよ！　きれいごとを言いやがって！」

吉田が、唐突に怒鳴り声を上げた。

伊崎には、その声に緊対にいる全員の思いが重なっているように思えた。

だが、乱暴な口調にかちんときたのか、小野寺も片方の眉を上げた。

『よ……余計なことを言わずにやれよ！　こっちが全部責任取るから！』

「責任取るだって？　適当なこと言うんじゃねえよ！　だったら現場にこいよ馬鹿野郎」

『なんだと、この……』

小野寺の言葉を待たずして、吉田は、バチンと叩きつけるようにしてマイクのスイッチを切り、会議を一方的に終わらせた。

下を向いたまま、フー、と吉田は深い溜息をひとつ吐く。

頭にきても、指示は指示だ。伊崎には、その所作だけで、吉田が十分に苦しんでいることがわかった。だから、吉田の傍に行くと、小声で、

「吉やん、俺は大丈夫だ」

「伊崎……」吉田がゆっくりと、横から伊崎を見上げた。

伊崎は、目を合わせて顎を引いた。吉田は静かに立ち上がると、伊崎と、待機していた作業員たちに、心から絞り出すような声で、

「申し訳ないが、もう一度、現場に行ってくれるか」と言った。

「はい」

伊崎たちもまた、勇気を振り絞りながら、頷いた。

＊

一昨日、中操から戻ってきていた西川は、あれからずっと緊対に留まり続けていた。

仕事は中操だけにあるのではなかった。緊対や、敷地内で活動する各班が多くの手足を必要としていた。消防車を通じて注水活動を行う人々もいれば、いまだ戻らない電源の復旧に向けて奮闘している人々もいる。敷地内の放射線量を定期的に記録し続けている人々もいれば、緊対の作業員たちのために水や食料の調達を必死になってやっている人々もいる。

西川は、そんな彼らの役に少しでも立ちたいと思った。

技術者ではあるが、西川はまだ見習いだ。できることは少ない。だが幸いなことに、彼は若かった。体力もある。ベテランたちにはできない力仕事や雑用を率先して引き受け、復旧に向けて西川なりに奮闘していた。

「かなり危ねぇらしいぞ」

「ああ、わかってる」口々に言いながら、免震重要棟の正面玄関から男たちが出て行く。

半日ぶりの『作業』だ。格納容器の圧力が高く、しばらく外で活動ができなかったが、吉田所長から今朝、ようやくゴーサインが出た。

西川は今、彼らの装備作業を補助していた。全面マスクを渡し、しっかりと装着できているかフィットテストをする、という役目だ。

マスクの装着を手伝いながら、西川は、これから出陣しようとする彼らの顔は、決して一様ではないことに気付いた。決意に満ちた者もいれば、意気軒昂な者もいる。一方、疲労困憊に身体をひきずる者もいれば、俺は義務感だけで行くのだと言いたげな者もいる。嫌だという気持ちがありありと全身を包んでいる者さえいた。

西川には、彼らの気持ちが痛いほどわかった。

以前の西川だったら、きっと、すでに1Fを抜け出し、どこかにいるゆかりを捜していたと思うからだ。もちろん職場放棄だ。しかし、自分の命には代えられない。けれど、緊対に戻った後、西川はそうしなかった。ゆかりにメールをして、お互いの無事を確かめた後も、西川はこの場を去ることなく、自分がやれることをやり続けていた。

どうしてだろう？　どうして俺は逃げないのだろう？　そう自問した西川は、すぐ答えに辿り着いた。それはきっと、中操での心が擦り切れるような時間を経験し、『やれることを愚直にやろうとする男たち』を見たからだ。彼らに触発されて、俺も思うようになったのだ。この原発を、なんとかしたいと。

でも、俺がそう思えたように、彼らも思えるわけじゃない。

彼らには、彼らの事情がある。何のために仕事をしているかは人により違っている。職業意識で頑張る者もいれば、ただ金のためにやる者もいるのだ。原発に対する思い入れだって違う。大事なものが違うのだから、さまざまな反応があって当たり前なのだ。

でも、それでも危険が待つ外へと向かう男たちに西川ができることは、ただひとつ。「いってらっしゃい！　気を付けて！」と、その背を後押しすることだけだった。

それに、西川がここにいる意味は、必ずしもそれだけじゃなかった。

一昨日、中操が最初のベントを決意したとき、西川はこう思った。

――きっと、ベントをするために、また新しいペアが原子炉建屋に突入することになる。大森たちが失敗すれば、次は工藤たちだ。工藤たちが失敗すれば、予備の二人だ。そして、その二人が失敗したならば。

新しいペアが伊崎に選ばれ、そいつらが突入する。

そいつらが失敗すれば、また新たなペアが突入する。

終わることのない『突入』のプロセスの中で、いつか、俺に順番が回ってくる――。

あのときの西川は「俺が、入る羽目になる」と嫌悪した。でも今は、こう思っている。

何かあれば、俺も役に立てるときがくるだろう。それだけでも、俺がここにいる意味はあるのだ、と。

ふと、西川は時計を見上げた。何気ない視線の先で、時計の針を読んだ。

ああ、11時1分か、もうすぐ昼だ。

心の中でそう呟いた瞬間、免震重要棟にバァンという爆音が轟いた。

*

その瞬間、樋口は「またどこかで爆発があった」と直感した。

免震重要棟を貫いた震動が、一昨日のものと同じだったからだ。

「パラメーターを確認しろ！」

「何があった？　また爆発か？」

「線量はどうなってる！　怪我人はいるかぁ！」

「確認します！」

誰のものともわからない怒号が飛び交い、緊対が騒然となる。

「樋口、至急何があったか情報収集しろ！」吉田の指示が、樋口にも飛ぶ。

「了解！」復旧班に連絡を取ろうとした瞬間、当の復旧班の男が緊対に躍り込んだ。

男は膝に手を付き、肩で三回息をしてから、かすれた声で言った。

「3号が……3号機が爆発しましたぁ！」

「なんだと！」

「車も皆ひっくり返って、瓦礫も降り注いで……煙がすごくて何も……」男は、必死に説明を続ける。

吉田は、愕然と目を見開いたまま、一度、小さくたたらを踏んだ。

だがすぐに、テレビ会議用のマイクに向かって叫ぶ。

「ほ……本店、本店！　大変です、今、3号機が、爆発しました！」

『爆発？　怪我人は！』ディスプレイの小野寺が、眉間に皺を寄せる。

「今、確認中です」

吉田がそう言った瞬間、緊対に真理が駆け込んできた。

真理は、甲高い声で言った。「所長！　行方不明者40人です！」

「40人、だと？」吉田の表情が、曇った。

＊

青空を背景に、建屋が閃光とともに爆発し、何百メートルもの高さにまでキノコ雲のような爆煙が立ち上っていく映像を観て、避難所にいた何十人もの人々の間に、悲鳴が上がった。

1号機に続き、3号機も爆発。

再び水素爆発が発生したものと思われる。

現場にいる人々の安否は確認できていない。

映像が示す事実を、ニュースが徐々に報じていく。

原子力発電所が、どんどん崩壊している。遙香は、今自分が目にしているものが、耳で聞いていることが真実だとは信じたくなかった。

横にいる母と祖父が、呆然としている。そして母に身体を支えられ、かなも今にも泣きそうな青ざめた表情を浮かべている。

かなの夫は、父と同じプラントエンジニアで、今、あの爆炎が上がった1Fにいるのだという。原発をなんとか立て直そうとしているのだ。

けれど、連絡が取れないままになっているのだ。私の父と、同じように。

皆、無事だろうか。父は生きているだろうか。

あれだけの爆発だ。無事でいてくれたら、それは奇跡かもしれない。

でも、もしかすると――。

遙香の頭に、最悪の事態が過った。いや、すでに「もしかしたら」では済まされなくなっているかもしれない。もう、父とは二度と会えなくなっているかもしれない。

父はもう、この世の人ではないのかもしれないのだ。

ぞっと悪寒が走る。気が遠くなりそうになり、思わず遙香は自分の身体を抱くようにして、その場に蹲(うずくま)った。

遙香の背後で、避難所の人々が「ここは平気なのか」「放射能が避難所にもきてるんじゃないか」「もっと別の場所に逃げないと」と、言葉を交わしている。

彼らの声を上の空で聞きながら、遙香は、心の中で呟いた。

ねえ、私まだ、晴れ姿も見せられてないんだよ？　お父さん。

＊

爆発があったとき、伊崎は出発の準備をしていた。

衝撃がただごとではないのは、即座に理解できた。すぐさま免震重要棟の玄関に向かうと、そこはすでに、野戦病院のような様相を呈していた。

血を流して呻(うめ)く、埃(ほこり)だらけの作業員たち。ある者は座り込み、ある者はブルーシートで横になっている。迷彩服を着た自衛隊員たちが、事務職員たちとともに手当に走っていた。そうしている間にも怪我人は続々と運び込まれてくる。

「大丈夫か、みんな！」ややあってから、吉田が2階の緊対から下りてきた。

外から逃げてきたばかりの、身体中を泥だらけにした男たちが、吉田に気付いた。

先刻、吉田の「行ってくれるか」という指示を受け、出て行った作業員たちだ。彼らは立ち上がり、肩を怒らせながらやってくると、吉田に向かって、

「所長、勘弁してくださいよ！」と、吼(ほ)えた。

「安定したって言ってたじゃないですか！」

「俺たち死ぬとこだったんですよ！」

「どういうことですか！　所長！」

口々に食って掛かる男たちに、吉田は、

「すまん……本当にすまん……」と、ただひたすら頭を下げ謝っていた。

やがて、吉田が肩を落として緊対へと戻っていく。

沈鬱(ちんうつ)な表情を浮かべる吉田についていった伊崎は、そっと気遣いの言葉を掛けた。

「大丈夫か？　吉やん」

「ああ……伊崎か」

吉田は、伊崎に振り向くことなく、自虐的に言った。「これで死人が出たら、腹を切るしかねえなあ……」

「そんなこと言ってる場合か。しっかりしろよ」

「……………」

だが、緊対に戻った吉田は、何も言わず、疲れ切ったように本部長席に腰を落とした。

さすがの吉田も、参っている。伊崎はそう思った。長い付き合いのある伊崎でも、ここまで落ち込んだ吉田は見たことがなかった。吉田は、相手が上司だろうが権力者だろうが、決して一歩も引かない気骨を持っている。逆境にあっても、弱音を吐くどころか、ひとり気勢を上げるようなタイプだ。

それが、ここまで疲弊し、消沈している。

長時間に及ぶ原子炉との戦いによるストレスに加え、今、多くの死者を出してしまったかもしれないという罪悪感が、吉田の気力を奪っているのだ。

その痛々しい姿に、伊崎は心から同情した。そして同時に、だからといって今立ち止まってはいけないとも感じていた。

止まってしまえば、すべてが終わる。仮に吉田が立ち止まるようなことがあっても、せめて俺だけは動き続けなければいけない。だから、

「吉やん、俺は中操が心配だ。交代に行くよ」と、告げた。

「待て伊崎、今はだめだ！」

すぐ、吉田が顔を上げた。「爆発のせいで、外は線量が一気に上がってる。もうち

ょっと待ってくれ、頼む」

「だが……」吉田の懇願する表情に、伊崎は躊躇する。

そんな伊崎の耳に、すぐ隣で復旧班がホットラインを掛けている声がした。

「線量が高くて……交代はちょっと、待っててくれるか」

『大丈夫です。交代、もう……こなくていいですよ』

受話器から、かすかに声が聞こえた。拓実の声だ。

「いや、今行けないだけだから、線量が落ち着いたら必ず……」

『もういいですよ……いいですから……』

伊崎はすぐに気付いた。受話器越しにも、拓実の声は涙に詰まっている。

拓実はすでに覚悟しているのだ。溢れ出ようとする涙を堪えながら——。

「貸せっ！」

伊崎は思わず、ホットラインの受話器をひったくった。

「拓実か？　俺だ、伊崎だ！」

『……利夫さん？』

「すぐ行くから待ってろ！　中操の責任者は俺だ、俺が当直長だ！」

そう叫ぶと、叩きつけるように受話器を置いた。

「伊崎だめだ、少し待て！」背後で、吉田が制止する。だが、

「待てない！　あいつらはもう精神的に耐えられないんだよ！」

と叫ぶと、伊崎は全面マスクを摑んだまま、背後で吉田が「待て！」と絶叫するのを聞きながら、緊対から走って出て行った。

＊

5人だ。この5人で死ぬのだ。

爆音が中操に轟いたとき、拓実はもう、覚悟を決めていた。

何が爆発したのかはわからない。けれど、それが建屋だろうが、格納容器だろうが、環境線量が爆発的に上がっただろうことは間違いない。

つまり、僕らはもう中操を出ることができない。

そして、誰かが中操にくることもない。それは自殺行為だからだ。伊崎はすぐ行くと言ってくれたけれど、吉田や本店がストップを掛けるだろう。結局、僕らは見捨てられる。1号機と2号機の間にある、中央制御室という名の墓場で、皆に見放された僕らは、何もしないまま激しい放射線に侵されていく――。

全面マスクの向こうで、誰かが啜り泣く声が聞こえた。

誰が泣いているんだろう？　ふと顔を上げる。

暗がりの中に、息子を抱く妻がいた。

「……かな？　徹？」

中操の闇で、二人が涙を流している。

お前たち、なんでこんなところにいるんだ？　ここは放射線だらけの危険な場所だぞ？

早く逃げろ！　と、手を伸ばす。

二人の姿は、フッと掻き消すように見えなくなった。

後には激しい嗚咽だけが残った。

そして、やっと拓実は気づいた。

ああ、そうか。これは僕の嗚咽だ。泣いていたのは、僕だったんだ——。

その瞬間、身体が激しく震え出した。恐ろしい寒さに、奥歯がガチガチと鳴った。

床に座り込み、膝をきつく抱き締めても、その足がまるで枯れ木を抱いているように固く、冷たく、熱だけが奪われていく。

コンクリートの壁と、金属の制御盤の間で、ガサガサと耐火服が擦れる音がする。

他の4人が何をしているのか、よくわからない。突然、目の奥でパチパチと線香花火のような光が弾けて、何かが焼けた臭いがした気がした。

ハッとして顔を上げる。中操には、何も変化がない。

変わらず5人が、ここにいるだけだ。言葉を交わすこともなく、じっとそのときを待っているだけだ。

ふと拓実は、自分の脳が、少しずつ変になっているのかもしれないと思った。どれだけ覚悟していたって、どれだけ理解しているつもりでいたって、僕の身体はこんな場所で死を迎えることを、激しく拒絶している。

でも、しょうがないんだ。もう自分の力では、どうにもならないのだから。

拓実は、深い諦めの溜息を吐くと、薬指に触れ、心の中で語り掛けた。

ごめんよ、かな、徹。僕はここで死ぬ。先立つ僕を許してくれ。

5人で死ぬよ。誰の助けもないまま――。

「大丈夫か！」突然、中操の扉が開いた。

びくりと身体を震わせ、振り向いた拓実の視線の先には、

「……利夫さん？」伊崎がいた。

伊崎は、のしのしと拓実に歩み寄ると、全面マスクを拳骨でゴンと叩き、

「拓実、俺がお前たちを見捨てるわけがないだろう！」と、言った。

突然、伊崎の顔が歪んだ。拓実の目から、涙が溢れ出ていた。

そんな拓実の肩に、伊崎がそっと手を置いた。「拓実、心配掛けたな」

その手のひらが、分厚いゴム手袋と耐火服越しにも温かく感じられた。

「すいません……すいません……」

拓実は、マスクの奥で顔をぐしゃぐしゃに濡らしながら、水っぽい声でいつまでも謝り続けた。

＊

「所長！　安否確認が取れました！」

真理は、緊対に駆け込むなり、大声で叫んだ。

疲労のピークに達していても、騒がしい緊対に真理の声はよく通った。

険しい表情の吉田が本部長席で立ち上がる。緊対が一瞬、緊張に静まり返る。

ややあってから、吉田が問うた。「……どうだった？」

真理は、ごくりと唾を飲み込んでから、

「怪我人はたくさん出ましたが、死者は……ゼロです！」

死人は出なかった。その事実に、緊対はにわかに、歓声に沸き立った。

吉田も、安堵したように「そうか」というと、ゆっくりと席に腰を落とした。

「よかった……よかった……」

額に手を当てると、しみじみと呟くように、吉田は何度も繰り返した。

真理も、緊対を後にしながら、本当によかったと胸を撫で下ろした。

真理には、吉田が、1Fで起こったことのすべてに責任を取ろうとしているように見えていた。どれだけ激昂しても、それを部下のせいにすることは絶対になかったし、本店や官邸からの横槍にも、あくまでも自分の責任において抗っていた。

立派だと思いながらも、真理は心配していたのだ。こんな事故に直面して、ただでさえ平静ではいられないだろうに、責任者としてそれだけの重圧を抱え込めば、想像もつかないほど心と身体を削られるだろうと。

本当に、死人が出なくてよかった。皆のためにも、誰より吉田自身のためにも——

真理は心から、そう思った。

第四章

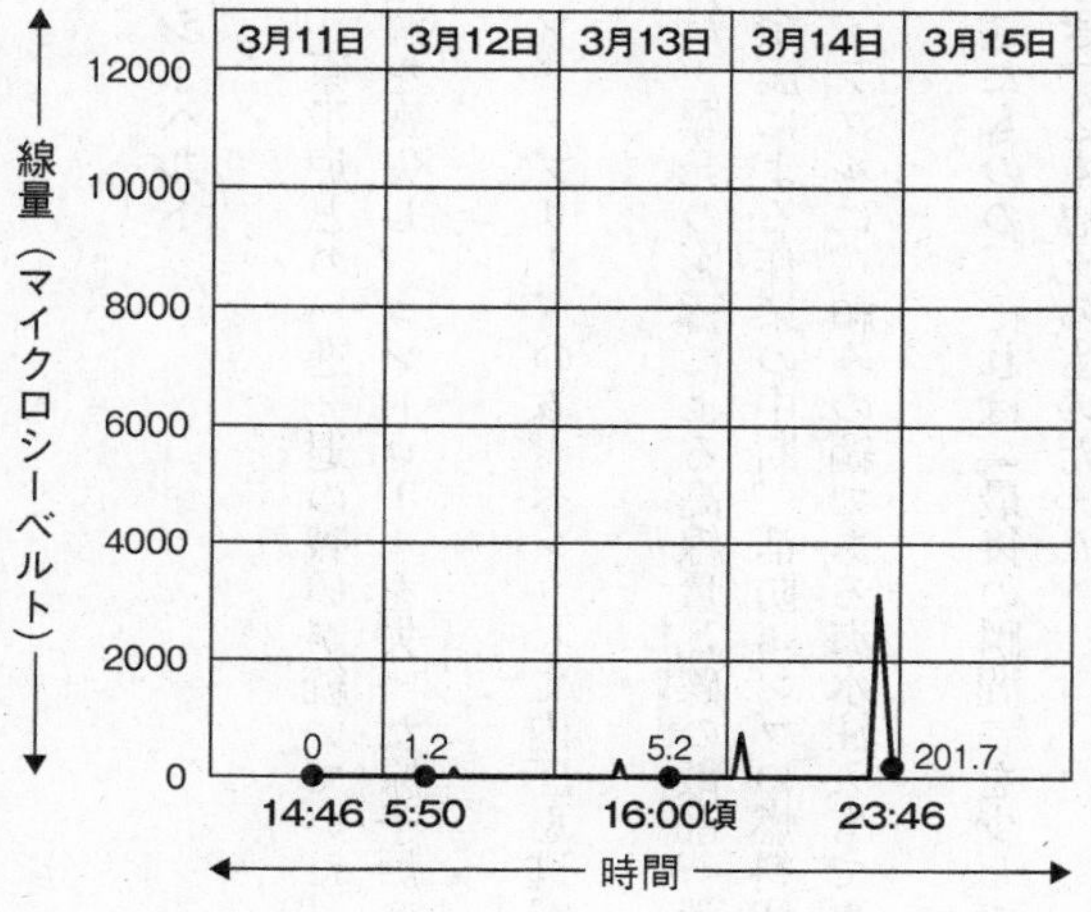

3月11日
3月12日
3月13日
3月14日
3月15日
12000
10000
8000
6000
4000
2000
0
線量（マイクロシーベルト）
0
1.2
5.2
201.7
14:46
5:50
16:00頃
23:46
時間

2011年3月14日23時46分
正門付近　毎時201・7マイクロシーベルト

免震重要棟・緊急時対策室ではいまだ、原子炉との一進一退の戦いが続いていた。

1号機、2号機、そして3号機。全電源を喪失し、コントロールを失った原子炉はすべて、内圧が高まりを見せていた。

解決策はたったひとつ、フィード・アンド・ブリードのみ。ベントして内圧を逃がし、水を供給して冷やすしかない。

だが、あらゆる状況がその試みを阻んだ。爆発の影響による高線量瓦礫の散乱、消防車のポンプとホースの破損、度重なる余震による作業の中断、消防ポンプの燃料切れによる停止——次から次へと発生するトラブルに、頼みの綱である海水注入もできなくなってしまったのだ。

どうにか、対症療法的に対応を続けてきたものの、それは『最後の瞬間』を少しでも先延ばしにしようという『無駄な足掻き』とも思えるものだった。

樋口を始めとする緊対の面々も、とうに限界を超えていた。

いい加減に落ち着いてくれ、という怒りの中に、もういいじゃないか、俺たちは十分やったんだ、という諦めが衝動的に湧いてくる。その衝動に、もし俺たちが撤退したらすべてが終わるのだからやらなければという気持ちでどうにか蓋をするのだ。それが、ぎりぎりのところで作業を続けている樋口たちの、今の姿だった。

そんな樋口たちに、さらなる試練が襲い掛かった。

「なんだって……？」吉田が、中操にいる大森から掛かってきたホットラインに、絶句していた。

また、何か恐ろしいことが起こったのだ。そう直感し、緊対が息を飲む。

やがて、ホットラインを繋いだまま、吉田が厳しい顔で言った。

「2号機の水位が燃料上端を切った。格納容器圧力も上がってる」

「圧力はいくつなんですか？」

問う樋口に、吉田は、深い隈で縁取りされた眼を向けた。

「730キロパスカルだ」

「なんですって！」

樋口も仰天した。「730って……設計圧力の倍近いじゃないですか！」

「ああ。まずいぞ、このままじゃ……」

むう、と短く呻くような声を挟んでから、吉田は、

「気を付けてやってください。ドライウェルの破壊だけは何としても、避けなければなりません」と、ホットラインの向こうにいる大森に指示を出した。

原子炉圧力容器を覆う格納容器は大きく、上部にある電球型のドライウェルと、下部にあるドーナツ状のサプチャンと呼ばれる圧力抑制室（サプレッション・チェンバー）に分かれていて、それらをベント管を通して連結する構造になっている。サプチャンには水が溜（た）められていて、圧力が上がったときに冷却し、同時にベントする際の放射性物質を吸収するウェットウェルの役割を持たせている。

もしドライウェルが破壊されれば、内部の放射性物質は水に一切吸収されずに飛び出してくる。

結果として、原子炉内にある核燃料がすべて、大気中に無制限にばら撒（ま）かれることになる。もしそうなれば、どれだけ甚大な被害が出るものか。そっと受話器を置いた吉田に、樋口は問うた。

「もし、2号のドライウェルが爆発したら、どうなるんでしょう」

吉田は、額に汗の玉をいくつも浮かべながら、奥歯をぎりぎりと嚙（か）み締めるように言った。

「1Fには、近づけなくなる」

「……」

言葉を失う樋口に、吉田は続けた。「原子炉の暴走を止める術はなくなる。放射能をまき散らし、福島第二原発にも立ち入れなくなる。最後には1Fと2F、両方ダメになる。そうなったら……」

「そうなったら？」

「チェルノブイリの10倍の放射能が出てくる。首都圏はもちろん、東日本は壊滅だ」

吉田は、本部長席に両手をついたまま、喘ぐように言った。

――チェルノブイリ原子力発電所事故。

ソビエト連邦で25年前に発生したこの事故の結果、何が起こったか。

消火活動に当たった軍人、消防士、作業員の大量被曝。これを原因とする死亡や放射線障害。周辺住民の被曝と健康被害。10万人以上の避難や移住が余儀なくされ、事故があった4号炉は『石棺』と呼ばれるコンクリートの中に封印されることになった。

もしそれが福島で起こったなら、どうなるだろう？

仮定の話ではなく、もはやそれが起こりつつあるのだとすれば――。

直面する現実に、樋口はそれ以上、言葉を継ぐことができなかった。

2号機が危機的状況であることが本店に伝わるや、即座にテレビ会議が開かれた。

ディスプレイの向こうには、小野寺を始めとする幹部の面々が並んだ。

ディスプレイのこちらにも、吉田や伊崎など現場の責任者たちが揃った。

しかし、この会議で有効な対策は何も示されなかった。

もはや、なす術がなかったからだ。

焦燥感だけが支配する会議で、小野寺は言った。

「吉田所長、これからは、2号機の圧力と水位だけをコールしてください」

状態だけを伝えろ、という指示。

まるで万策尽き、臨終間際を迎えた患者のようだと思う樋口の横で、吉田が言った。

「ドライウェル740、炉水位ダウンスケール」

また上がった。緊対がどよめく。

だがそれ以上に、ディスプレイの向こうで本店が騒然となった。「そんなにか」「まさか」と、状況をよく知らされていなかった幹部たちの顔色が曇った。

「このままじゃ爆発するぞ……」小野寺も、険しい顔で呟いた。

その言葉に加勢されたように、本店の幹部たちが、

「吉田ぁ！　主蒸気逃がし安全弁（SR）を開けろ！」

「ドライウェルベントを早くやれ！」と次々に怒号を飛ばす。

だが、そんなことは緊対もとうにわかっている。

中操はもうSR弁を開けるために動き出していた。だが、やろうとしてもできなかったのだ。それだけ、現場は厳しい状況が続いているというのに、どうして東京にい

る人間は、この現場の苦境を理解しようともしないのか！

「見てわかんないですか！　やってますよ、全力で！」

吉田が、緊対にいる全員の総意であろう言葉を、苛立ちとともに代弁した。「頼むから、邪魔しないでください！」

だが、小野寺は目を吊り上げて怒鳴った。「いいから、早くやれ！」

「…………」

──ふざけんじゃねえ、しばくぞこの野郎！

しばらくの間、吉田は、今にもそう言わんばかりに小野寺のことを睨みつけた。

やがて、膠着したテレビ会議を一方的に終わらせるように席を立つと、吉田は、覚悟の表情で緊対を出て行った。

*

ふらりと吉田が現れたとき、西川は真理とともに免震重要棟の1階にいた。

玄関フロアにいる作業員たちのために、あちこちからかき集めたタイベックやゴム手袋と、まだ使っていない全面マスクを用意する。タイベックにはサイズがあるから、その大きさごとに仕分けるのも西川の仕事だった。

作業員たちは、その多くが横たわっていた。中にはタイベックを着たまま泥のように眠っている者もいる。ただ、中には満足に睡眠も取れないという者もあった。すぐ目と鼻の先に爆発寸前の原子炉があるのでは、落ち着くことができないというのだ。彼らでなくとも、こんな環境で疲れを取れというのは、無理な注文だった。

不満をあからさまに口にする者も出てきていた。作業員はそのほとんどが、協力企業と言われる東電の下請け会社の労働者だ。初めは東電と一緒に頑張ろうと思えても、3日も経過した今、その心境は「東電は何をしているんだ」というふうに変化する。そもそも彼ら自身が、地震の被災者でもある。ストレスが何重にも掛かってきているのだ。

いつ終わるのかもわからない戦いを続けることに対して、彼らが精神的に参っていることは誰の目にも明らかだった。けれど、そんな今こそ、せめて東電の運転員である俺は踏ん張ろうと、西川は思っていた。

だから、突然緊対から吉田が下りてきて発した言葉に、西川は驚いた。

「協力企業の皆さんで、今やっている作業に直接関わりのない方は、引き上げていただいて結構です」

本当に今までありがとうございました。そう言うと吉田は、深々と頭を下げた。

西川は思わず、真理と顔を見合わせた。

同時に、吉田をしてここまで言わせる状況が、いかに切迫したものかを感じ取る。言われた作業員たちも同じように思ったのだろう。

誰かが、吉田に問うた。「いよいよ危ない、ということですか？」

その声には、恐怖の色が滲んでいた。

吉田は躊躇いながらも、「そうです」と頷くと、

「いつ、何があってもおかしくない状況です。一刻も早く、避難してください。後は、我々が最後まで守ります」と、言った。

強い言葉だ、と西川は素直に感じた。

強くて、でも同時に痛々しかった。なぜなら、最後まで我々が守るという言葉には、仮に守れなくとも、我々は身体を張るという覚悟を含んでいたからだ。

何より、避難するという指示は、放射線に満ちた外に出る危険を冒してでも、ここから離れた方が安全だという瀬戸際の選択でもある。西川は「そうか、いよいよ最期が近づいているのだ」と、直感した。

吉田の言葉に、作業員たちが、逡巡しながらも撤退の準備を始める。

吉田は、彼らの姿に頷きながら、同じように休憩を取っていた迷彩服姿の自衛官たちの傍に行き、頭を下げた。

「自衛隊の皆さんも、ひとまず退避してください。本当にありがとうございました」

だが自衛官たちは、お互いの顔を見合わせた後、凛々しく背筋を伸ばして答えた。

「所長、民間の方々が戦っているのに、我々が撤収するわけにはいきません。国を守るのが、我々の仕事ですから」

吉田は、込み上げる思いを堪えるように、口を真一文字に結ぶと、

「失礼しました！」と、腰を直角に曲げた最敬礼を返した。

傍で聞いていた西川も、ひとり思う。

国を守るのが、我々の仕事、か。

国を守れば、故郷も守られる。故郷が守られれば、大事な人たちも守られる。父も、母も、兄弟も、親戚も、友人も、恋人も——誰より大事な人も、守られる。

だから俺も、国を守らなければならない。それが、俺の仕事だから。

決意とともに、顔を上げる。その視線の先に、真理がいた。

「……頑張ろう」真理はそう言うと、小さな笑みを湛えた。

２０１１年３月15日４時ごろ
正門付近　毎時81・９マイクロシーベルト

大森は、中操にいた。

中操にいても、もうできることはほとんどなかった。定期的に線量を確認し、計器盤にバッテリーを繋(つな)いで計測値を読み、報告する。SR弁を開けろという指示はあったが、ほんの数分で大量被曝(ひばく)する環境でどうやって作業すればいいのか、現場の知恵をいくら絞っても、皆目見当がつかない。

「炉水位と圧力、読み上げます」

誰かが、全面マスクにくぐもった力のない声を発した。

「炉水位、ダウンスケール。ドライウェル圧力……745」

「745か……」

また、上がった。設計限界には安全率が掛かっているが、その2倍ともなればもう破局は『時間の問題』だ。何時間後か、何秒後かにもその瞬間はやってくる。それはもはや、不可避の結末なのだろう。

緊対に数値を報告すべく、大森は、震える手でホットラインの受話器を取り上げた。

そして、吉田にその値を告げながら、大森は、頭の片隅で思った。

俺は間違いなく、1F(ここ)で死ぬ。

＊

徹夜が続くハードな毎日に、真鍋の身体も悲鳴を上げていた。

原子力安全委員会の委員長として、昼夜を問わずさまざまな会議に駆り出された。助言を求められ、マスコミの前で厳しい質問に曝(さら)され、首相を始めとする政治家からも、面会する度に詰められた。

それでも真鍋には、原子力安全の専門家としての自負があった。1Fがいまだ危機的状況にあるのに、自分がサボタージュするわけにはいかない。半ば意地のような思いから、「少しだけでも、休まれてはいかがですか」と慮(おもんぱか)る声を振り切りながら、真鍋は自分がやれることをやり続けていた。

その真鍋が耳を疑ったのは、まだ夜が明ける前に官邸で行われた、打ち合わせの場でのことだった。

官房長官が、真鍋に意見を求めた。「東電が、1Fから全員撤退したいと言っているが、どう思いますか？」

「えっ！　本当ですか？」思わず、大声で訊(き)き返してしまった。

官房長官は、眉(まゆ)を顰(ひそ)めながら、「東電の社長から電話がありました。2号機が厳しい状態なので、今後事態が悪化するようなら、退避を考えていると」

「………」真鍋は、無言のまま憤った。

そんな馬鹿なことがあるか！　撤退して原子炉の制御を放棄することがどんな意味を持つか、わかっているのか？　すべてのプラントが暴走するってことだぞ！

込み上げてくる怒りを堪えながら、それでも真鍋は、自分の職責として意見を述べた。

「一度撤退したら、原発に近寄ることは難しくなります。こういうときのために、放射線防護設備のある免震重要棟があるのですから、まだ頑張れるはずです」

官房長官は、そのとおりだと言いたげに頷いた。

すぐに東電の意向が、真鍋同席の場で首相に伝えられると、真鍋が想像していたとおり、首相は瞬時に沸点に達した。

「あり得ん！　原発から逃げて、放置したらどういうことになるのか、東電はわかってるのか！　俺は命を懸けてでも撤退を止めるぞ！」

原発だけでなく、大地震そのものに対する対応も求められ、首相自身も不眠不休だった。その苛立ったところに、撤退の情報が火を点けたと、真鍋は思った。

すぐに、首相官邸に東電社長が呼び出された。

巨大で細長いテーブルの両側に、政治家や官僚が向かい合わせで座る。疲れの色がない者は誰もいない。真鍋も疲弊した身体に鞭打ちその中に交じると、最後に、険しい表情の首相が、テーブルの端に腰掛け、両側を見据えた。

程なくして、東電社長が部屋に入り、テーブルのもう片方の端に座る。

ぴりりと緊張が走る。すぐさま、官房長官が訊いた。

「東電は、福島第一原発から撤退するつもりですか」

「全員撤退だ？　放棄するつもりか！」首相も吼えた。

だが、東電社長は、しょぼしょぼとした目を瞬かせて答えた。

「撤退など、考えていません」

「えっ？」全員の頭に、クエスチョンマークが浮かんだ。

社長の話し方がぼそぼそとしていて聞き取りづらかったのもある。だが、それよりも、事前に聞いていた撤退するという方針と違うのは、どういうことだ？

しかし社長は、あくまでも同じ言葉を繰り返すだけだった。

「ですから東電は、撤退しません」

「…………」

全員が、拍子抜けしたように顔を見合わせる中、ただひとり首相だけが、剣呑な表情を決して崩さず、社長を睨んでいた。

真鍋は推し量った。首相はきっと今、こう思っているのだろう。撤退しないと社長が言い切ったことは、まあいい。だが事前の撤退情報は何だったんだ？　官房長官が嘘を吐いたのか？　いや、そんなわけはあるまい。だとすれば東電がその後に撤退方針を翻したか、そもそも誤解があるような物言いをしたことになる。

いずれにせよ、こいつらは信じられん。

真鍋の想像を裏付けるように、首相は突然、声を張り上げた。

「どう考えても、十分な意思疎通ができていない！　きちんと事故対応するための情報すら共有できていないのはどういうことなんだ？」

「それは……」

社長の言葉を待たずして、首相は、一方的に社長に指示した。「これからは、政府と東電が一体となった統合本部をそっちに作ることにする。いいな？」

「……はい」社長は、抗弁することもなく、小声で首を縦に振った。

独善的行動が多い首相だが、この判断は間違っていないと真鍋は思った。撤退するのか、しないのか。そんな情報すら東電から正確に入らないのならば、東電と政府を一体化するしか、方法はないのだから。だが――。

社長が背を丸めて部屋から出て行った後、首相は不愉快そうに目を細め、呟いた。

「統合本部ができたら、俺が直々に、あいつらに活を入れてやる」

「………」

その前のめりな判断は、果たして正しいだろうか？　そう思いつつも、真鍋は何も言わなかった。

＊

「そうか、745か……」立ち上がり、中操からの報告を聞いた吉田が、小さく呟いた。たまたま緊対にいて、その呟きを聞いた真理は「おやっ？」と思った。吉田に、いつもの覇気がなかった。いや、これだけの長丁場で気力を維持することが難しいのはわかっているが、それでも、これまで一貫して感じられてきた『強さ』が、吉田からすっぽり抜けてしまっている気がした。

なんだか心配だ。真理は、仕事の手を止めると、そっと吉田を見た。

ホットラインの受話器を置くと、吉田は椅子には座らず、身体の力が抜けたように、床に尻（しり）を付き、胡坐（あぐら）を搔（か）いた。

足の間に手を置くと、目を閉じて俯（うつむ）き、それから、じっと何かを考え始める。微動だにしない姿は、まるで瞑想（めいそう）しているようだった。同時に、真理は改めて思った。

吉田をこんなにしてしまうほど、原発の事態は深刻なのだと。

固唾を飲み、真理たちは吉田を見守る。吉田は今、瞑目しながら何を考えているのだろう。僅かな可能性を探しているのだろうか。それとも、あり得ない奇跡を祈っているのだろうか。

やがて吉田が、その場でごろんと身体を横たえた。右手を枕にして、横臥する。どこかで見た釈迦の涅槃像のようだ。

しかし、3分、5分、10分と待てど、吉田は動かない。

「あの、所長……大丈夫ですか？」不安になり、たまらず真理は声を掛ける。

吉田は、返事をしない。

「吉田さん？」脳溢血だったらまずい。強めの声で名前を呼んだ。

ようやく、吉田はゆっくりと目を開いた。それから、むくりと起き上がると、

「浅野。お前……旦那に連絡したのか」と、真理の目を見て問うた。

「いえ……してませんけど」

唐突な質問に、目を泳がせながら返事をすると、吉田は口角を上げた。

「しとけ」

「えっ？　いいんですよ、そんな」

「なんで」

「それは、その、離れてても心は通じ合ってるっていうか、なんていうか」

「はぁ？」

しどろもどろな真理に、吉田は、数秒の間を置いてから、「お前、のろけてんのか？」

また数秒の間を置いて、今度は真理が、フフッと噴き出してしまった。

のろけてるだって？　こんなときに何言っちゃってるんだろう、所長。

吉田は、真理の笑顔につられたように目尻を下げた。そして、

「顔、洗ってくるわ」と、おもむろに立ち上がり、洗面所へと向かった。

見送る背中は、少し痩せたように感じたけれど、いつもの吉田だった。

ほっと安堵した真理は、少し考えてから、携帯電話を取り出した。

何だか気恥ずかしくて、吉田にはそっけない素振りで答えてしまったけれど、ずっと連絡していなかった家族に、一応無事だと伝えておくのは確かに大事だ――。

「……もしもし？　私だけど」

『えっ……お姉ちゃん？』

「そうだよ」

真理が相槌を打った瞬間、妹が叫んだ。『お母さん！　お姉ちゃん、生きてたぁ！』

電話の向こうから、バタバタと騒々しい雰囲気が伝わる。まったく、落ち着かない家族だなあ、まあ私もそうなんだけれど、と思っていると、

『真理か？　お前、生きてたのか！　今、どこにいるんだ？』と、夫が出た。

夫の声は少し水っぽかった。泣いているのかしら、大袈裟な人だなあと思いながら、

「どこって、会社よ？　免震重要棟っていうところにいるの」

『なんでそんなところにいるんだよ！　俺はてっきり、お前のことだからまた消防ホースか何か持ち出して、爆発に巻き込まれたと思ってたぞ。次に会うのは病院か、遺体安置所かと……』

「何言ってるのよ、馬鹿ねえ」そんなわけないじゃん、変な人。

的外れなことを言う夫に、真理は苦笑いを浮かべた。

だが、それでも真剣に、泣きながらも真理の無事に安堵する夫の言葉を聞いて、真理は思った。

家族の無事を祈り、やっと聞けた声に涙する。よく考えたら、これが普通の反応だ。

むしろ、私みたいに「なんで泣いてるの？」なんて思ってしまう方が、変なんだ。

私、変になっちゃったのかなあ――。

家族の無事を確認し、真理は電話を切る。

直後、真理は「あ、そうか」と、直感的に理解した。

きっと、吉田はあのとき、誰と一緒に死ぬかを考えていたんだ――。

＊

「間もなく総理がテレビ会議に出席します！」誰かが大声で叫んだ。

ざわついていた緊対が、一瞬で静まり返る。

樋口が副本部長席に座り、それから吉田が本部長席に、ゆっくりと座る。

全員の緊張が伝わってくるような様子を、伊崎も、部屋の端から見ていた。

だが、その一方で、皆の期待が膨らんでいるのもわかった。

これまでのテレビ会議は、本店しか相手がいなかった。国との関わりも、地震の翌日に首相が１Ｆを訪れて、それっきりだった。そのせいで現場には終始、本店に何を言っても『所詮は暖簾に腕押し』というような、諦めの雰囲気があった。

ここでもし、国が、総理大臣自身が直接話を聞いてくれるなら、現場の意見を踏まえて機動的に動いてくれるかもしれない。あのときはピリピリしていた首相も、今なら、閉塞した現状を打破するために力を尽くしてくれるだろう——伊崎は先刻、まさにそんな雑談を大森と交わしたばかりだった。

伊崎は信じていた。これで何かが変わればいい、いや、変わってくれるはずだ、変わってくれなきゃ困る、と。

不意に、ディスプレイが点灯した。

いつもは本店の幹部が居並ぶ場所に、今はテレビでよく見る政治家や官僚たちが座っていた。官房長官、経済産業大臣、原子力安全・保安院院長、そして――首相。

中央に陣取った首相が、マイクを手に立ち上がった。

本当に話を聞いてくれるんだ。そう真理が思った瞬間、首相は開口一番、

「ここにはもうマスコミはいないな？」と、切り出した。

それを気にしている場合か？　と訝っていると、

「福島原発で起きている状況がどういうことを意味しているか、わかっていると思う。事故の被害は甚大だ。このままでは日本国は滅亡だ！」

突然、怒鳴りつけるような声で演説を始めた。

緊対は、唖然としていた。吉田も表情は変えないまま、何も言わずじっとディスプレイを見つめていた。

もちろん伊崎も、開いた口が塞がらなかった。一体なんなんだ、この男は？

だが首相だけは、拳を振り上げると、「撤退などあり得ない！　命がけで守れ！　撤退したら東電は100パーセント潰れる！　逃げてみたって逃げられないぞ！」

と、興奮に唾を飛ばし、声を裏返らせた。

伊崎は憤った。

はぁ？　一体何を馬鹿げたことを言ってんだ！　逃げる？　誰に対して言っている？　一体、誰が逃げるものか！

それより、こんな無駄なことを言うために、貴重な緊対（こっち）の時間を奪ってまで、わざわざテレビ会議に出たというのか、この一国の長は！

腹を立てたのは、伊崎だけではなかった。

「何言ってるんだこいつ……正気か？」

「俺たちが逃げるとでも思ってんのか？」

「くそっ、ふざけんな！」円卓の、緊対室のそこかしこで、怒気を含んだ声が上がる。

その声をマイクが拾ったのだろうか、首相は、少し声のトーンを落とすと、

「ぐだぐだ言うんじゃない。60になる幹部連中は、現地に行って死んだっていいんだ。俺も行く、だから社長も会長も、覚悟を持ってやれ！」

顔を紅潮させ、血走った目を剝（む）いて、そう言い放った。

常軌を逸している。そう伊崎は思った。どれだけ冷静さを装おうとしても隠しきれないほど、首相は興奮し『我を忘れて』いる。そんなので大丈夫なのか、総理大臣は、というか、日本は――。

「それより、なんでこんなに大勢いるんだ！　大事なことは5、6人で決めるもんだろうが！　小部屋だ、小部屋を用意しろ！　ふざけるんじゃない！」

ふざけるなだと？　こっちがふざけるなだ！

口調をエスカレートさせていく首相に、緊対にも憎悪に似た感情が満ちていった。

そのとき、吉田がすっと立ち上がった。

「……………」

激しい怒りの空気を感じ、伊崎は反射的に、吉田の身体を押さえようとした。相手が首相だろうが、それが目の前を邪魔する壁であれば歯に衣着せぬ物言いでぶち破ろうとする反骨精神の持ち主だ。下手をするとぶち切れて、ディスプレイを壊しかねない。

だが吉田は、ディスプレイに向かうことはせず、逆に、その場で背を向けた。

そして、カチャカチャとベルトを緩めると、ズボンを下ろし、パンツを見せたまま、ふてぶてしく、シャツの裾を入れ直した。

緊対の全員が唖然とし、直後、皆笑いをこらえるように顔を背け、あるいは俯いた。

伊崎も、噴き出しそうになった。

吉田の姿は、本店からは『首相に尻を見せている』ように見えるだろう。

そしてすぐ、思わず下を向いてしまったことを後悔した。くそっ、これじゃケツを向けられた連中がどんな顔をしているか、見ることができないじゃないか！

仏頂面の吉田が、いつまでも緩慢な動作でシャツを直している間、首相だけがひとり、虚勢を張るように大声を出し続けていた。

「撤退など、あり得ない！」

２０１１年３月15日６時14分
正門付近　毎時73・２マイクロシーベルト

ドン！　と、またも爆音が緊対を突き上げた。

　緊対に戻ってきていた拓実は、はっと顔を上げる。しばらくの間、重苦しく長い余韻とともに、緊対が小刻みに揺れている。

　明らかに余震ではなかった。また水素爆発があったのだろうか？　いや、それにしては、規模が小さい。1号機と3号機の爆発の衝撃は、こんなもんじゃなかった。

　だが、必ずしも、爆発の規模が小さいから安全だということにはならない。

「今度はどこだ？」と、吉田が不安そうに言う。

　この爆発が、建屋に溜まった水素によるものなら、まだいい。だがもし原子炉の圧力容器や格納容器の爆発であれば一大事だ。たとえそれが小規模のものであったとしても、致命的な結果を引き起こす。

一体どこが爆発したのか。伊崎がホットラインの受話器を取り上げると、

「伊崎だ、パラメーター、確認してくれ」と中操に訊いた。

今、交代制の中操には、拓実がよく知る先輩たちが入っている。

伊崎は、その中操からの返事をじっと待っていた。中操でできることはもうほとんどないが、バッテリーを繋いで電源を確保した測定器が示す値はわかる。

拓実も聞き耳を立てた。中操にいる彼らのことは心配だが、交代時間がくれば今度は自分がそこに行くことになる。自分のためにも、現場の状況は知っておきたい。

ややあってから、伊崎は「……なんだって？」と表情を曇らせると、すぐに叫んだ。

「2号、サプチャンの圧力、ゼロだ！」

「なんだと！」

吉田が勢いよく立ち上がるや、声を張った。「確認だ！　すぐ確認しろ！」

緊対は即座に、騒然とした雰囲気に包まれる。

「サプチャン、ゼロって本当か？」

「だとしたら、今の爆発は……2号？」

「格納容器は大丈夫か？」

「もしかするとサプチャンに穴が開いたのかも」

原子炉内の蒸気は、圧力抑制室（サプレッション・チェンバー）の水をくぐり、放射性物質を除去されてからウ

ェットウェルベントされる。だが2号機はベントの弁が開けられず、格納容器内の蒸気が溜まり続けていた結果、圧力がどんどんと高まるという状況にあった。

ここで、サプチャンの圧力計がゼロになった。

これが意味するのは、サプチャンの破損だ。そして、もし本当にそうなっていたのだとすれば、単なる破損ではなく、多量に放射性物質を含んだ蒸気がそのまま外に放出されたことを意味する。

もちろん、単に圧力計が故障しゼロを示した可能性もなくはない。だから吉田は「すぐ確認しろ」と言ったのだ。だが――。

「このままだと、とんでもない量の放射性物質が出てくるな……」

吉田が、暗い表情で呟いた。

放射性物質の放出。それは周辺線量を上昇させ、作業を阻害することを意味する。もちろん、それだけではない。サプチャンの破損により、水が失われることも痛かった。水がなければ原子炉は冷やせない。格納容器内の圧力も、抑えることが不可能になる。結果として、格納容器の大爆発が起こる。

最悪の想定が、最も可能性の高いものとなってしまったことは、もはや誰の目にも明らかだった。

もう終わりなのか。その終わりの場所に、僕はまた行くのか。

心の中で何度もそう呟きながら、拓実は、ただ下唇を噛んでいるしかなかった。

＊

「……皆、聞いてくれ」

吉田の命令は、唐突だった。

「各班は最少の人数だけを残して、2Fに退避する。残るメンバーは各班の班長が決めてくれ。皆、本当にありがとう」

緊対で、その最後通告とも取れる指示を聞いた西川は、驚愕した。

あまりにも寝耳に水だと思ったからだ。まだ俺たちはやれる。復旧に向けてできることもあるはずだ。それをなぜ突然、退避しようというのか。

だが同時に、見習いであるとはいえプラントエンジニアである西川には、薄々感づいていた。先刻の爆発音、あれはきっと、何か『致命的な』事象が起きた音だったのだと。

指示を受け、緊対はこれまでとは別の慌ただしさに包まれた。

酷い混乱が起きたのだ。何百人もいる人間が一度に退避しようとするのだから当然だ。

加えて、資材の奪い合いも起きた。

　外は放射性物質が満ちている。退避するにも全面マスクや防護衣であるタイベックが必要だ。だが、それらの絶対数が不足していて、全員分が確保できなかったのだ。

もちろん、残る人間が作業するための分も確保しなければならない。だから西川は、真理と協力して、一部の全面マスクやタイベックを隠した。そのせいで退避者が右往左往するのを、西川は申し訳なさとともに見ているしかなかった。

一方、命令があってもなお、残ろうとする者がいた。

若いプラントエンジニアたちだ。

その中にはもちろん西川もいた。不思議なことに、今、西川の中には「ここで踏ん張ることが俺の仕事だ」という強い意志が芽生えていた。いつからそういう心境になったのか、西川自身もよくわからない。それが使命感なのか、義務感なのか、それとも別の何かによるものなのかすらも、よくわからなくなっていたが、自分がこう思っていることだけは間違いなかった。

原発のために、俺の力を少しでも使いたい。

だから、伊崎から「聞いただろ？　お前たちも出ろ」と命令を受けても、西川たちは首を横に振った。

「俺は残ります」

「僕もです」

「そうですよ。当直長はどうするんですか？」

「そりゃ、残るに決まってんだろ」

苦笑する伊崎に、西川は言った。「だったら俺たちも残ります！　当直長、俺たちにも2号の責任、最後まできちんと取らせてください」

「はぁ？　何言ってんだ。お前たちはまだ若いだろ。出ろ！」

「嫌です！」

「ダメだ、これは命令だ、早く出ろ！」遂に伊崎は、強い口調で出口を指差した。

それでも、西川たちは動かなかった。

動きたくなかったからだ。ここで俺たちが頑張らなければ、誰が頑張るのか？　そう思ったからだ。

行け、行かないの問答で、西川たちは伊崎と睨み合った。

一種の膠着状態となってから数分が経ったとき、西川たちのところに、誰かがつかつかと歩み寄ってきた。

その誰かは、間に割って入ると、くるりと西川たちの方を向いて、大声で言った。

「あなたたちには、第二、第三の復興があるのよ！」

声の主は、真理だった。

西川はびっくりした。竹を割ったような性格で、いつも朗らかな真理が、今は真剣な表情で、西川たちを叱り飛ばしているからだ。

だが真理は、諭すように続けた。

「あなたたち、まだ若いでしょう？　だったら、ここじゃなくて、後の復興に命を尽くしなさい！」

「………」誰も、真理に言い返せなかった。

命を尽くす。その言葉に、西川は初めて思いを馳せた。

退避をしろと言った吉田の心境。残ると言った伊崎の心境。年長者である二人とも、もう死を十分に覚悟している。そして、だからこそ俺たちに退避しろと言った。

お前たち若い人間はここで死ぬな。その命はこれから、国や、故郷や、大事な人のために使え。そう言っている。

西川たちが「誰かのために働きたい」と思ったように、吉田も伊崎も、俺たち「若い人間のためにありたい」と言ってくれているのだ。

それがわかったとき、西川の胸に、不意に熱いものが込み上げる。

涙が、頬を伝った。気が付けば、西川だけでなく、ここにいる若い運転員たちが皆、ぼろぼろと泣いていた。

「……皆、退避しろ。いいな」伊崎が、にこりと優しい笑みを浮かべた。

「当直長、ありがとうございました」誰かが、一礼した。

「お世話になりました」

「本当にありがとうございました！」皆が、伊崎に頭を下げた。

その言葉ひとつひとつに、伊崎は「うん、うん」と頷き（うなず）を返す。

誰かが、顔中をぐしゃぐしゃにしながら言った。「当直長、すみません……お役に立てなくて……すみません……」

謝罪の言葉を繰り返す男の肩を、伊崎は「何言ってる！」と叩い（たた）た。

「俺が死んだらな、お前がくるんだよ。お前が死んだら、次はお前、お前、お前たちがくるんだ」そう言いながら、伊崎は、ひとりひとりの顔を指差した。

差された者は皆、涙を堪え（こら）ながら、「はい」と答えた。

そして一同が、ひとりひとり、伊崎に頭を下げて、緊対を後にする。

最後のひとりとなった西川も、伊崎の前に出た。だが、

「当直長……俺……」

それ以上は、言葉が続かなかった。

一度はここにいる意味があるのかと食って掛かった自分が、一度は中操に伊崎たちを置いていった自分が、また先輩たちを置いていこうとしている。その自分が今さら、伊崎に何を言えるのだろう？　そう思うと、声が詰まってしまったのだ。

そんな西川に、伊崎は、穏やかな口調で言った。

「わかってるよ、西川。もう、何も言うな」

「……………」

西川は、言葉を返す代わりに、全力で頭を下げた。

絶対に、また戻ってきます——床に、ぽとぽとと涙の滴が零(こぼ)れた。

＊

退避者がいなくなるとすぐ、緊対を静けさが覆った。

それまで、免震重要棟には何百人もの人間がいた。男も女も、若者も年寄りも、職種を問わずありとあらゆる人々が頻々と出入りしていた。緊対にも常に50人は詰めて、騒々しくやり合っていた。

それが今は、十数人が残るばかりだ。1階にいる者、中操にいる者など、ここにいない者を合わせても、合計で50人を少し超えるくらいだろう。

まるで嵐が過ぎ去ったようだ、と拓実は思った。

見渡せば、拓実の他には、吉田、伊崎、樋口、大森、工藤といった、五十代以上の男たちが、疎(まば)らに残っている。彼らを照らす蛍光灯が、やけに寒々しく見えたのは、人口密度が下がり、籠り続けていた熱気が引いたからかもしれない。

そういえば、拓実はいつか『決死隊』という言葉を使った。

あのときは、「死地に自ら飛び込んでいく」決死隊だった。だが今は違った。決死隊であることは同じだが、「死地でしんがりを守る」決死隊だった。

そう、すでに僕たちは、決死隊として、死地に身を置いているのだ。

ただ、不思議と悲壮感はなかった。なぜか皆も、安堵したような表情を浮かべていた。

それを見て、拓実自身もはたと気付いた。

僕も、ほっとしている？

どうしてだろう。これから死ぬというのに、自分の命が終わるなんてこれ以上悲しいことはないはずなのに、それでも心が落ち着いているのは、なぜなのか。

少し考えて、拓実はなんとなく、その答えを導いた。

ほっとしているのは、もしかしたら、今残っているのがもう『死んでもいい人間』だけだからかもしれない。

1Fには今まで、将来ある若者がいた。女性や協力企業の人間もいた。彼らが皆退避した今、もう、ここには死んでもいい者しか残ってはいないのだ。

裏を返せば、これで、死ななくてもいい者を道連れにしなくて済むということになる。それがわかったから、皆、安堵しているのだ――。

「腹減ったな。何か、食うか」

本部長席に浅く腰掛けていた吉田が、思い出したように言った。

「そうですね」と相槌を打つと、拓実は、何かなかったかなあと、机の引き出しを片っ端から開け始めた。

拓実だけでなく、伊崎や大森たちも、食い物を探し始める。

「この辺に何かあった気がするぞ」

「みんな、こっそり隠してたからな」

「おお、あったあった！」

吉田も一緒に机の中を漁ると、「おおっ、羊羹じゃねえか。俺、大好物なんだよ。こっちに缶詰もあるな……っと、賞味期限、大丈夫かな」

「今さら、身体の心配かよ」伊崎が、苦笑した。

吉田は、伊崎を振り返ると、「……ほんまやな」

やがて、さまざまな食べ物が円卓に並んだ。乾パンやクラッカーのような非常食から、菓子パン、煎餅、飴やチョコレート。飲み物こそミネラルウォーターしかなかったが、テーブルの上が随分と賑やかになった。

「お、ヨウ素剤がありましたよ」誰かが言った。

「ヨウ素剤か。でもそれ、40歳以上は飲んじゃいけねぇんだろ」

「そんなこと言ったら、ここにいる誰も飲めないぞ」

「誰だろうな、そんなバカなこと言った奴は」

交わされる軽口に、どっと笑いが起きた。

拓実は、煎餅を齧りながら、しみじみと思った。

皆、妙に爽やかだ。しかも、こうしてのんきに菓子なんか食っている。本店とも切り離されているというのに、いっそ楽しそうに冗談を言い合っている。

不思議だった。

もちろん、自分たちは無意味に残っているわけじゃない。

やることはいくらでもあった。プラントのデータを取る。炉内に水を送り込む。消防車の燃料を補給し、電源復旧も試みる。これらはすべて、高放射線量下にある外で行うことだ。しかも、いつ何が起こるかわからない場所に、自分たちはこれから、何度も飛び込んでいかなければならない。

それでも不思議なほどに清々しいのは、なぜか。

きっと、それは、とっくの昔に覚悟を決めているからだ。皆も、僕も――。

不意に、凪がきたように皆の会話が途切れた。

緊対が、シンと静けさに包まれた。

ふと、誰かが歌を口ずさみ始めた。

――相馬流れ山　ナーエナーエ　習いたかござれ　ナーエ

――五月中の申　ナーエナーエ　アーノサ　御野馬追い　ナーエ

『相馬流れ山』だった。

歌っているのは、吉田だった。目を閉じ、遠い過去をなぞるように、歌っている。

皆もまた、目を閉じた。大森も、工藤も、伊崎も、きっと故郷を思いながら、その決して上手くはない歌に、聞き入っていた。

拓実は、そっと携帯電話を開いた。

画面の向こうで、かなと徹が笑っていた。

――枝垂れ小柳　ナーエナーエ　なぜよりかかる　ナーエ

――いとど心の　ナーエナーエ　アーノサ　乱るるに　ナーエ

もう、覚悟は決めていたつもりだったのになあ。

また、涙が溢れてきた。

2011年3月15日7時50分
正門付近　毎時1941・0マイクロシーベルト

かなが徹と一緒に避難所にきてから、丸3日が経った。十分な食べ物がなく、水もない。風呂に入ることもできない。不自由さばかりの避難所には、刻一刻と、悲しい情報がもたらされていた。日に日に増えていく死者の情報。津波で離れ離れになり、心配し続けていた家族が、物言わぬ姿で見つかったと連絡があり、その場で泣き崩れた人の姿を、かなはもう何十人も見ていた。

そのたび、かなは、次は私の番だと胸が詰まる思いがした。拓実からの連絡は、まだなかった。携帯電話を見ては、誰からの電話やメールもないことに「夫はまだ死んでいないのだろう」とほっとする。だが同時に、「夫とメールをやりとりすることは二度とないのだ」という不安に押しつぶされそうにもなり、徹の身体をぎゅっと抱き締める。そんなことを、もう回数を思い出せないほど繰り返していた。

お陰で、満足に睡眠も取れていなかった。たぶん、かなり痩せたと思う。お腹を空かせているだろう徹が、ぐずることもなく、大人しくしてくれていることだけが、たったひとつの救いだった。

だから、朝の炊き出しに遙香と一緒に並んでいるとき、遙香が発した言葉に、かなは驚いた。

「お父さんから、メールきた！」

そう言うと遙香は、真剣な表情で画面を見つめた。

遙香の父は、拓実と同じ場所にいる。そこからメールがきたということは、まだ皆が生きている可能性があるということだ。

一筋の希望とともに、かなは、

「遙香ちゃん、何て書いてあるの？」と問う。

「………」遙香はメールを読んだ後、無言で、かなに画面を見せた。

『遙香、悪かった。お前の人生だ。お前の好きなように生きろ。お父さんは、応援している』

文章の末尾には、にっこりと笑う絵文字が付いていた。

「あり得ない。お父さんが、絵文字を使うなんて」

遙香の呟きに、かなは悟った。

遙香のお父さんは、もう覚悟している。

しばし呆然(ぼうぜん)としていた遙香は、ややあってから、はっと気づいたように、

「あのオヤジ、ふざけんな！」と吐き捨てるように言うと、猛然とそのメールに返信を打ち始めた。

そのとき、かなの携帯電話が、ブルブルと震えた。

拓実からのメールだった。これまで一度も連絡がなかった夫からのメールに、かなは嫌な予感を覚えた。今、このタイミングでメールがくるなんて、まさか——。

ためらいながら、メールを読んだ。

『かな、俺は幸せだった。今までありがとう。徹、しっかり勉強して立派な大人になれ。拓実』

「何、これ……？」かなは、震える声で呟いた。

何、このメール。無事を伝えるだけじゃないの？ 今までありがとうって、どういうこと？ 止めてよ、こんなの、まるで遺書みたいじゃない！

目の前がすうっと暗くなっていった。海の底に沈んでいくように、周りの音が少しずつくぐもっていった。

不意に、かくんと身体の力が抜けた。

「かなさん、大丈夫？ かなさん！」隣にいる遙香が、かなの名前を呼ぶ。

だが、どこか遠くで叫ぶような声に、かなは何も答えることができず、その場にぺたんと座り込んだまま、いつまでも呆然としているしかなかった。

*

「ひでえ顔だ」伊崎は、緊対のトイレで、鏡を見ながら呟いた。

どす黒い顔。目の下には深い隈。唇は荒れ、その奥に口内炎がいくつもできている。

ちょうど用を足し終えた吉田が、洗面所で言った。「……血尿だ」

「俺も、とっくだよ」鏡越しの弱りはてた顔に、伊崎は答えた。

吉田は、洗面台に手を突くと、項垂れた。「便器はどれも真っ赤だ」

すさまじいストレス。疲労困憊。皆の身体も、もう壊れ始めているのだ。

ややあってから吉田は、胸ポケットに手を入れると、煙草の箱を取り出し、一本咥えた。「初日はタバコも行けずにしんどかったよ。お前も吸うか？」

「いや……」タバコは止めてるんだ。そう言おうとして、すぐに気づいた。

いまさら禁煙して、どうすんだ？

「貰うよ」苦笑しながら、伊崎はパーラメントを一本、抜き取った。

吉田にライターを借り、火を点ける。煙を吸い、肺を満たす。

当たり前のように行っていたその行為が、今は無性に愛おしかった。

「伊崎、お前、家族に連絡は？」不意に、吉田が問うた。

フーと煙を吐き出すと、伊崎は答える。「娘にメールしたよ。すぐに返信があった」

「何て？」

「『ちゃんと私の顔見て謝って。私の花嫁姿を見るまで、死んだら絶対に許さない！』

だってさ」

「何やったんだお前」

「何もしてねえよ馬鹿野郎」

誤魔化すように、もう一度煙を吸うと、逆に問う。「……お前は？」

「…………」吉田は、意味深に口角を上げると、無言で煙草を吸った。

その仕草が意味するものは、伊崎にはわからない。

だが、何も言わずとも、愛する家族がいて、その家族も愛してくれているのだろう、
ということは伝わった。

家族とは、何も言わずとも、たとえ離れていても、心は通じ合っているものなのだ。

ふと吉田が、煙を吐きながら、思いついたように言った。

「なんで、こんなことになっちまったんだ」

宙をゆらゆらと舞う煙を目で追いながら、伊崎は答えた。

「俺たちは、何か間違ったのか？」

「…………」

吉田は、しばし指で挟んだ煙草を見つめると、顰（しか）めた顔で呟いた。

「クソッ、なんでこんなにタバコが美味（うめ）えんだ……！」

まったく、吉田の言うとおりだ。

今にもドライウェルの大爆発が起こるかもしれないこんなとき、どうして、こんなにもタバコが美味いのか。

心底、憎たらしい――伊崎は忌々（いまいま）しさとともに煙草を流しに押し付け、火を消した。

第五章

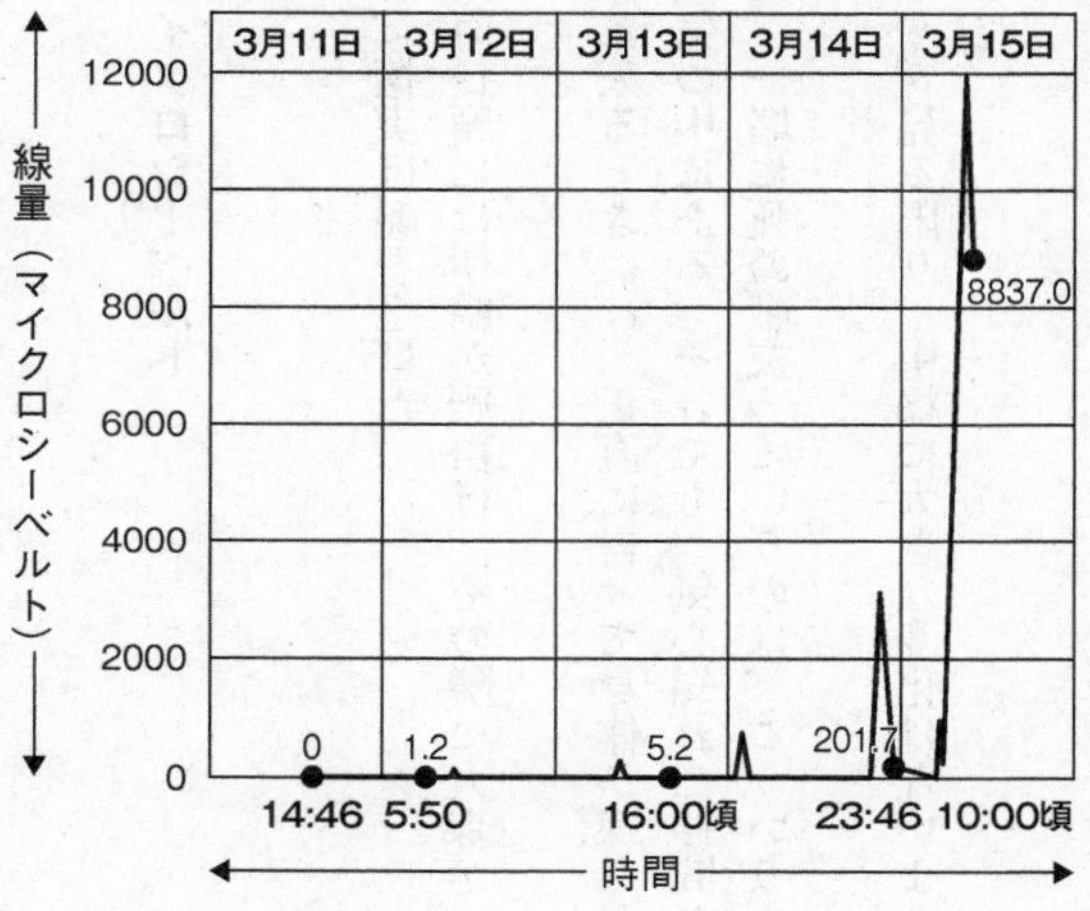
3月11日
3月12日
3月13日
3月14日
3月15日
12000
10000
8000
6000
4000
2000
0
線量（マイクロシーベルト）
0
1.2
5.2
201.7
8837.0
14:46
5:50
16:00頃
23:46
10:00頃
時間

２０１１年３月15日10時頃
正門付近　毎時８８３７・０マイクロシーベルト

ズン――。

どこかで鈍い音がしたような気がして、拓実は顔を上げた。

中央制御室は相変わらず真っ暗だ。当直長席には伊崎が腰掛け、その隣に大森がいる。

いつものメンバーだ。交代でまた中操に入るときには、正直に言って身体が竦んだ。今も息が詰まりそうなほど重苦しい雰囲気の中にある。それでも、気心知れた仲間がいるというのは、少しだけ心強く思えた。一緒に死ぬ戦友っていうのは、こういうものなんだな――。

それにしても今の音は何だったのだろう。見る限り、中操に大きな変化はないようだし、そもそも誰も気づいていないようだ。

疲れが嵩じて、幻聴でも聞いたのか。

拓実は、苦々しさを作り笑顔で取り繕いながら、制御盤に懐中電灯の光を当てて、パラメーターを確認した。

「……えっ？」

一瞬、自分の見ているものを疑った。

まさか、本当か？　これ嘘じゃないよな？　見間違いじゃないよな？　よく目を凝らして計器の表示をしっかりと確認してから、大声で叫んだ。「伊崎さん！」

「どうした？」

訝し気な伊崎に、拓実は絶叫した。「下がってます！　2号機の格納容器圧力、下がってます！」

「何、本当か！」

当直席から飛び出る勢いで、伊崎が制御盤に駆け寄った。「いくつだ？」

「351キロパスカルです！」いや350──349！　見る間にも圧力計の針が少しずつ下がっている。

「本当だ、下がってる……どんどん下がってるぞ！」

自らの目で圧力計を確認した伊崎は、全面マスク越しにもわかる歓喜の表情を浮かべながら、ホットラインの受話器を勢いよく取り上げた。

「2号、ドライウェル圧力が下がってる！」

＊

ホットラインが鳴ったとき、樋口は溜息を吐いた。

この状態で連絡があるなら、それは『最悪の事態』を知らせるものしかあり得ないだろうと身構えていたからだ。

だから、ホットラインを取った吉田が破顔したのを見て、樋口はむしろ、驚いた。

「……伊崎、それは本当か？」

吉田は、地震があってから見せることのなかった『心からの笑顔』で、受話器を置きながら、腹から響く声で、

「2号のドライウェル、圧力が下がったぞ！」と叫んだ。

「えっ？ 本当ですか！」緊急時対策室にいる男たちが立ち上がる。

彼らに向かって、吉田は誰よりも大きな声で「ああ！」と頷いた。

「今は350くらいだが、まだまだ下がってるそうだ。これでドライウェルの爆発は避けられるぞ！」

ウォーッ、と男たちが一斉に、声にならない雄叫びを上げた。

小躍りして喜ぶ者や、隣にいる同僚と抱き合う者、泣き出す者、「……助かったぁ」

と心からの安堵(あんど)の呟(つぶや)きを漏らし、その場にへたり込む者もいた。

樋口も思わず立ち上がり、両手を挙げた。

これで『最悪の事態』は避けられた！　俺たちの命も繫(つな)がった！　奇跡だ！

けれど、同時に疑問が湧いてきた。そうだ、突然格納容器の圧力が下がるなんて、まさしくこれは奇跡以外の何物でもない。だが、理由のない奇跡というものも存在しないはずだ。一体何が原因となって、この奇跡が起こったのだろうか？

その理由の一端は、ややあってから判明した。

2号機の破裂板(ブローアウトパネル)が落ちていたのだ。

そのことを報告すると、吉田ははっとしたような顔をして、

「そうか、だから爆発しなかったのか……」と、嚙(か)み締めるように言った。

ブローアウトパネルは、気密性の高い原子炉建屋内の圧力が高まった際に破損し、建屋そのものの破壊を防ぐ『安全弁』の役割を持つ。そして、これが落ちていたということは、内圧が適切に外に逃げた、すなわち、内部の水素が外部に発散し、水素爆発を免れた、ということを示すのだ。

だが樋口は、それでも腑(ふ)に落ちなかった。格納容器そのものがベントできたわけではないのに、なぜドライウェル内の圧力が下がったのか。

まさか、これは本当に——奇跡なのか？

「……確かに、爆発はしなかった。だが、放射能を撒き散らしてしまったことには変わりはない」

　吉田はそう言うと、すぐに、気を引き締めたように口を真一文字に結び、指示を出した。「皆、油断はするなよ！　注水が止まればまた炉内温度が上がる。そうなったら元も子もないからな！　交代がくるまで頑張ってくれ！」

「はい！」

　吉田の発破に、疲れ切っているはずの皆が、気力に満ち溢れた返事をした。

　そのとき、樋口はやっと理解した。

　圧力が下がったのは、やっぱり奇跡じゃなかった。

　最悪の事態を避けるため、原子炉の圧力を下げてやる。圧力を下げるため、冷やしてやる。冷やすため、水を入れてやる。注水してやる。注水し続けてやる。何が何でも、水を入れ続けてやる。

　吉田たちの、最後にたった50人余りになっても決して諦めることのなかった、この熱い気持ちの塊が、遂には原子炉を冷やし、圧力を下げ、そして暴走する原子炉を屈服させたのだ。

　これは、奇跡じゃなかったのだ。でも――。

「……やっぱり、奇跡じゃないか」

樋口は、口元に笑みを浮かべると、この奇跡を奇跡のまま終わらせるべく、まだ山ほどある自分の仕事へと、また取り掛かった。

＊

「2号機の格納容器圧力、下がりました！」

首相官邸の危機管理センターに、東電の担当者の声が響いた。

その瞬間、緊張状態から解放された真鍋は、どっと汗をかいた。もし2号機の格納容器が爆発すれば、最終的には福島から半径250キロメートル、実に5千万人が避難対象となり、その範囲内にある首都圏はもちろん、東北、関東、新潟が壊滅、日本そのものの国体が根底から崩されていただろう。

その最悪の事態を回避できたのだ。

きっと、福島第一（1F）原発のプラントエンジニアたちが、文字通り死力を尽くしたのだろう。人間が作ったものは、人間が制御できる。その信念の下、最後まで諦めず、命を懸けて頑張ったのだ。真鍋は力が抜けたように、その場の椅子に深く背を預けながら、心の中で、吉田たちに感謝を捧（ささ）げた。

周囲の人々も歓声を上げていた。

官房長官が、経済産業大臣が、原子力安全・保安院院長が、両手を挙げている。彼らを取り巻く政治家や官僚たちも、互いに手を取り喜び合っている。

ただひとり、首相だけが、真ん中の一際大きな椅子に凭れながらも、厳しい顔つきで叫んだ。

「弛緩するな！　まだ終わっていないぞ」

――そのとき、ふと真鍋は思った。

今、首相の胸の内に去来するものはなんだろう？

この国が守られたことに対する、安堵だろうか。これから続くであろう膨大な事後処理に対する、緊張だろうか。それとも――。

「……考えるのは、よそう」真鍋は、首を大きく横に振った。

どうせ人の心の中だ。何を考えたっていいのだし、真実がわからなくたっていい。それに、首相が何をしようが、1Fにいる彼らが奮闘した事実に何も変わりはないのだ。

日本の真ん中にいる首相がフーと深い溜息を吐く姿から、真鍋は、そっと視線を外した。

＊

「そのまま、そのままだ……」

2号機の圧力計は、まだまだ下がっていた。

伊崎は、大森と拓実と顔を寄せて、圧力計を凝視していた。これまで原子炉に翻弄(ほんろう)され、何度も裏切られてきた。ちょっと目を離せば、その隙に圧力が元に戻ってしまうような気がして、瞬(まばた)きをすることすら伊崎は躊躇(ためら)った。

だが、圧力は順調に落ちていった。

設計限界を十分に下回り、ここまでくれば格納容器の破損はないだろうと思える値まで下降した。

「奇跡だぁ……」やっと、誰かが呟いた。

大森も嬉(うれ)しそうに、「んだな！　あー、これで母ちゃんに会えっど……」

全員が、喜びに天を仰いだ。

中操にはまだ明かりはない。見上げた天はただの黒い天井だ。だが伊崎には、その無機質な天にまるで満天の星が浮かんでいるように思えた。

拓実が、喜びの声で言った。「生きて帰れますね、伊崎さん！」

「…………」生きて帰る、だって？

ああ、そうか。伊崎は今ごろになってやっと実感した。俺は今まで、死の瀬戸際にあったのだなあと。それでも、生き延びたのだなあと。

生きて、家族のもとに帰れるのだなあ、と。

家は地震で壊れているかもしれない。放射線に侵されているかもしれない。もしかしたら津波がさらってしまったかもしれない。でも、家族はいる。

家族が待つ場所が、ある。

だから、帰ろう。愛する家族のもとに。

伊崎は、溢れ出る涙を必死で堪えながら、答えた。

「ああ。生きて、帰ろう！」

第六章

2011年3月21日16時50分
正門　毎時508・0マイクロシーベルト

地震から丸10日が経った。

遙香たちはまだ、避難所から動くことができずにいた。富岡町の立入禁止が解除されるメドが立っていなかったからだ。1Fもまだ予断を許さない。余震も続いていて、今はむしろ避難所にいる方が安全だ、と感じていた。

不便だった避難所にも、少しずつ救援物資が届き始めていた。自衛隊や米軍、ボランティアの人々が、遙香たちに救いの手を差し伸べてくれたのだ。そのお陰で、まだ不自由は多かったし、不安だらけだったけれど、「これから、何とか生きていける」と思えるようになっていた。

もちろん、住み慣れた我が家が今、放射線の只中にあることはショックだ。だが、祖父も母も無事で、混乱にありながらもこうして少しずつ立ち直ることができている。

それだけでも、不幸中の幸いというものだ。

唯一の気がかりは、父だった。

何とか生きていることは、わかっていたけれど、相変わらず1Fに詰めっぱなしだし、今も何があるかわからないことには、変わりがなかったからだ。

だから、避難所の入口でその後ろ姿を見掛けたとき、遥香は飛び上がるほど驚いた。

「……お父さん？」

まさか、父がいる？　嘘でしょ？　聞いてないよ、帰ってくるなんて――。

もしかして別人？

その人が、振り向いた。

紛れもない、父だった。

拓実と一緒にいた父は、遥香の顔を見ると、すぐに目尻を下げた。「おう、遥香！」

父の姿が、目頭の熱さとともにぐにゃっと歪んだ。

「お父さん！」

遥香は、考える間もなく父の胸に飛び込んでいた。

「心配かけたな、遥香。本当にすまなかった。皆、無事か？」

「………」遥香は、ぐしゃぐしゃの顔を見られまいと俯いたまま、小さく頷いた。

そして、水っぽい声で、「もう……あんな絵文字、送るから」

父は、苦笑すると、何も言わずに遥香を抱き締めた。そして、

「悪かったよ、遥香。俺は……」と、何かを言おうとした。

「お父さん、もういいから」

遙香は、父の言葉を遮ると、泣き顔に精いっぱいの笑みを浮かべて言った。

「生きて帰ってきてくれたから、もう許した」

「……そうか」父が、ほっとしたように口元を緩めた。

仄(ほの)かに、煙草の香りがした。

＊

夢にまで見た家族。二度と会えないと思っていた。

高々10日が、どれだけ長かったことだろう。

でも今、二人は目の前にいた。

「かな……？」

拓実は、震える声で彼女の名を呼んだ。

避難所の端に座っていた彼女は、拓実に気づくと、まず目を見開いた。

「……あなた？」

それから、ゆっくり立ち上がると、一歩ずつ拓実の傍に近づく。

「パパ！」かなの傍にいた徹が、拓実の顔を見るや、飛びついてきた。

拓実は、徹を受け止めた。

ずっしりと、重かった。

いつの間にか成長していたんだなあと思いながら、拓実は徹を抱き上げる。

徹が、きゃっきゃっと嬉しそうに笑った。

かなが、拓実にくっつき、ぴったりと額を当てた。

うわああん、と、堰(せき)が切れたように泣き出した。

愛する妻、愛する息子。二人を両手で抱き締めると、拓実は心から言った。

「かな、徹、もう大丈夫だよ」

＊

本当のことを言うと、伊崎は怖かった。

避難所で妻と、父、そして遥香の姿をみつけたときは、心から嬉しかった。皆が無事でいてくれたこと、そして、死地を潜り抜け、皆のもとに帰ってくることができたのだということを、ようやく実感できた。

だが、視界の端に、伊崎がよく知る地域の人たちが見えたとき、胸が苦しくなった。

彼らがこんな目に遭わなければならなくなったのは、なぜか。それは俺たちが運転していた東電の原発があんなことになったからだ。言わば、俺たちのせいで、皆はこんな不幸や不自由を強いられているようなものだ。

その俺が、どの面を下げて、皆と顔を合わせればいいのだろう？

わからなかった。わからないから、怖かった。

だから、無意識に身体を竦めていた。けれど――。

「利夫ちゃんじゃないかぁ！」

誰かが、伊崎の名を叫んだ。

隣人の松永だ。心を締め付けられながら、伊崎は、

「松永さん……」と、頭を下げた。

「無事だったんだなぁ、利夫ちゃん」

そう言うと松永が、皆を大声で手招きした。「皆ぁ、利夫ちゃんが帰ってきたぞ！」

「えっ、本当かい？」

地域の人々が、何人も、何十人も集まってきた。

どの顔も、伊崎が見知った人々だった。小さいころからお世話になった人もいる。

どの顔も、じろじろと伊崎を見ていた。唖然としたような、驚いているような表情で、伊崎のことを何十もの目が見つめていた。

ああ、この人たちに、俺は迷惑を掛けてしまったんだ――。

気が遠くなりそうだった。だが、だからこそしっかりと、謝らなければ。居た堪れなさに苛まれながらも、伊崎は、皆に向かって頭を下げた。

「皆さん、富岡町を住めない町にしてしまって……申し訳ありません」

「………」

皆が、顔を見合わせる。数秒、緊張が走る。

「本当に、すみませんでした」もう一度、深々と頭を下げた。

許してもらえないかもしれない。でも、俺にできることは、これしかないんだ——。

けれど、松永はむしろ驚いたように言った。

「何言ってるんだよ、利夫ちゃん。あんた頑張ったよ」

「……えっ？」

「故郷を守ってくれてるでねぇか、なぁ」

「そうだぁ、利夫ちゃんが謝ることでねぇ」

松永の言葉が呼び水になったように、人々が伊崎の手を取り、肩を優しく撫で、次々と、労いの言葉を口にした。

「本当に、ご苦労さまぁ」

「利夫ちゃん、踏ん張ってくれてるんだろう」

「大変だったなぁ、よう頑張ってくれたよ」

優しい言葉の数々に、伊崎の目に涙が溢れ出す。

震える肩を、松永が、ぽんぽんと笑顔で叩いた。

「利夫ちゃん、よくやったよ。ありがとう」

「そうだぁ、ありがとう」

「ありがとう」

「本当に、ありがとう！」人々の間に、自然と拍手が湧き起こった。

本当に——本当に、すみません——ありがとうございます——。

お詫びを言わなければ。お礼を言わなければ。けれど、いくら言おうとしても、もはや言葉は出ず、嗚咽とも喘ぎともつかない何かが込み上げてくるだけだった。

だから伊崎は、心の中で何度もつぶやいた。

皆さん、本当に申し訳ありませんでした。

そして、本当にありがとうございました。

——伊崎の前に誰かが立った。その場がしんと静まった。

顔を上げると、父がいた。

「親父……」

ここで生まれ、ここで原発の建設に携わり、そして原発の崩壊までを見届けた父。

その父が、掠れ声を震わせながら、言った。

「生きていたか……利夫」

父の目からは、大粒の涙が溢れ出していた。

エピローグ　それから

「正輝、まだこの仕事、続けるの？」

玄関口で、出掛けようとする西川の背に、ゆかりが声を掛けた。

西川は思わず、足を止めた。

4月2日。事故があってから3週間が経った。1Fの危機的状況はだいぶ遠のいたと言われていたが、まだ十分に安定したとは言えなかった。放射線量も高く、いまだ西川たち作業員にとって危険な場所であることには変わりがなかった。

けれどその現場で、今も奮闘している男たちがいる。吉田や、伊崎、そして西川が尊敬する先輩たちが、力を尽くして戦っている。

俺もその一人になりたい。西川の思いは、2Fに退避したあの日から、ずっと心の中にあり続けていた。

もちろん、だからといって大事な人をないがしろにしていいわけでもない。

西川は振り向くと、不安そうなゆかりの目を見て、言った。

「ああ、俺はこの仕事をまだ続ける。福島第一原発(1F)はもうダメかもしれないけど、まだ、たくさんの人手を必要としてる。所長も、先輩たちも、毎日頑張ってる。俺にも、できることはたくさんある。その俺ができることを、俺は精一杯、やりたいんだ」

「…………」ゆかりは、無言だった。

押し黙ったまま、ただじっと西川の目を見ていた。

だから、西川は思った。そうだよなぁ、いくら理解していたって、心配して待つ身はつらいよなぁ。

その、つらい思いを、あえてさせてしまっているのだから、俺は、ダメな奴だ。そんな奴と一緒にいるより、君にはもっといい道があるのかもしれない。いい伴侶とのいい人生が——。

西川は、小さな溜息をひとつ吐くと、真剣な表情で言った。

「俺はもちろん、君のことが大事だ。愛してる。でも、こんな俺と一緒にいるんじゃ、ゆかりはつらいだけだ。それならいっそ、俺と別れて……」

パシン！

えっ？　と思った。何があったかよくわからなかった。

だが熱を帯びた頬に手を当ててすぐ、西川は状況を理解した。

ゆかりが、俺を平手で打った？

「そんなこと言わないでよ！」

泣きそうに顔を歪めたゆかりが、裏返った声で叫んだ。「私のことが大事なら、愛しているなら、別れるなんて言わないで、必ず帰ってくるって言って！」

どんな喧嘩のときにも聞いたことがない、必死の声色だった。

「ゆかり……」

「約束してよ！　毎日、絶対に笑顔で帰ってくるって！」

ゆかりは号泣していた。

その語尾は、もうぐちゃぐちゃで、何を言っているかわからなかった。

けれど、西川はもう迷わなかった。

ごめん、俺が間違っていた。心配するのはつらいだろうけれど、それでも無事を祈り、待っていてくれるなら、君のために俺のできることは、たったひとつだけだった。

無事に帰ってくる。それだけだったんだ。

「ゆかり。ありがとう。わかったよ。俺、必ず帰ってくる。『ただいま』って言うよ」

「言ってよ？　毎日だからね？　絶対だからね？」

「ああ、毎日、絶対だ。約束する」

西川は、ゆかりの身体を力一杯抱き締めた。

そして、華奢なゆかりの温かさを身体に刻み込みながら、誓った。

俺は、1Fのために力の限りに仕事をする。

そして、待っていてくれる人のところにも、必ず戻ってくる、と。

＊

今年の8月は、例年にも増して蒸し暑い。

川内村までひとり車でやってきた真理は、そう思いながら車を道端に停めた。疎らに家が立ち並ぶ田舎の集落。しかし今は誰の姿もない。車のエンジンを切ると、どこか遠くからアブラゼミが鳴く声だけが聞こえてきた。

1Fの事故があってから、5か月が経った。

事故のときには最前線だった免震重要棟にいた真理も、今は後方支援だ。本当はまだ修羅場が続く敷地に入って仕事がしたかったが、事故初期にそこその線量を被曝してしまった以上、もうダメだと上司から言われていた。「まあお前は1シーベルト食らっても平然としてそうだけどな」と、吉田に言われたのも記憶に新しい。

代わりに、周辺地域の復旧のための仕事を任された。

立入禁止になっている地域の様子を見て回り、現状を調べる。復旧に向けてどの程度の手当がいるか、除染は必要か、そういったことを逐一記録していく。そんな仕事だ。地味かもしれないが、これからの復興のためには重要な仕事だと、真理は思っていた。

熱い午後の光が、車の中に差し込んだ。

少し歩こうかな。なんとなくそう思い、真理は車を降りた。

やはり暑い。けれど思いのほか爽やかな風が頬を撫でた。雑草が覆い始めたアスファルトの感触が、靴底にも柔らかい。荒れたと言えばそのとおりだが、自然に還っているのだと言えば、少しは聞こえがいいかもしれない。

もっとも、顔を上げれば、そんなセンチメンタルなことはもう言えなかった。

傾いた家屋がそのまま放置されている。土砂崩れを起こしたままの裏山がある。無造作に停められた車が埃と泥にまみれている。地震がもたらした破壊のありさまが、一切の修繕をなされることなく、あのときのまま放置されている。

切なさが、真理の胸を打った。

だが、歩いた先に見たものに、真理は心臓を鷲掴みにされた気がした。

それは、子牛の死骸だった。

茂みに眠るように倒れた子牛。横たわった身体に、何十匹もの蝿が集っていた。

おそるおそる近づくと、耳に黄色いタグがついているのが見えた。きっと、どこかで飼われていたものが放置され、ここまで逃げてきたのだろう。地震の後、餌をやる人間がいなくなり、腹を空かせた子牛が、牛舎から脱出し、食べ物を求めてあちこちをさまよったのだ。

だが結局、食べるものがなく、ここで力尽きた。

この子はなんで、こんな目にあったんだろう？

思わず真理は、死骸から目を背けた。自分でもよくわからなかったが、これ以上見ているのがいたたまれなかった。

もう、戻ろう。

溜息を吐いた瞬間、視界の端で何かが動いた。

誰？――反射的にその方向を振り返る。

小動物がいた。オレンジ色の毛で、犬のような顔をしている。

キツネだ。草むらから、その子がじっと、円らな瞳で真理のことを見ていた。

危険がある動物ではなかった。ほっと胸を撫で下ろしながら、真理は、そういえば、と思い出し、鞄の中からあんぱんを取り出した。

昼に食べ損ねたものだ。真理はあんぱんの端を少しだけちぎると、

「おいで、ほら。これ、あげるよ」

と、その場でしゃがみ込み、キツネの目の前にその欠片を置いた。

キツネは、草むらから静かに出てくると、警戒するようにそろそろと近づき、鼻先で何度も臭いを嗅いでからようやく、安心したようにその欠片を食べた。

「……おいしい？」

真理は、話し掛けた。

キツネが、真理を見た。無垢で、吸い込まれそうなほど黒い瞳だった。

真理は、ようやく気付いた。

キツネの身体が、びっくりするほど痩せさらばえている。肋骨が浮き出て、前脚も後脚も、枯れ木のように細い。

何も食べるものがなかったんだ。さっきの子牛と同じように。

ごめんね。あなたたちがこんなふうになったのも、私たちのせいだよね。

あなたたちを酷い目に遭わせちゃって、本当にごめんね――。

胸を詰まらせながら、真理はふと、頰に手を当てる。

濡れていた。あれ、私――もしかして泣いてる？

そう思う間もなく、涙が滝のように落ちてきた。あっという間に顔中がびしょびしょになり、耐えがたい嗚咽が漏れた。

真理は今さら、痛感していた。町や地域、人々だけじゃない。何の罪もない動物たちを、私たちはこんなふうにしてしまった。そのことの罪の重さを。自分たちへの怒りを。

だから、泣けた。事故があってからずっと、泣くことなんてなかったのに、今は驚くほど泣けて、泣けて、仕方がなかった。

「ごめんね……こんなに苦しませて、ごめんね……本当にごめんね……」

号泣しながら、真理は、不思議そうな顔で見つめるキツネに何度も謝り続けた。

＊

目を開けると、また満開の桜が見えた。

心臓が穏やかに鼓動する音が、3年前の追憶から、伊崎を『現在』に連れ戻した。

日が、かなり傾いていた。それでも夜の森公園の桜は、さっきと同じように、淡々と、しかし力の限り桃色の花吹雪を散らしている。誰も見る者がいなくとも、桜たちは生きるために全力を尽くしているのだ。

――いろんなことが、あったよなあ。

車のシートに凭（もた）れ、腹の上で手を組みながら、伊崎は誰かに語り掛けるように、心の中で呟（つぶや）いた。

3月11日の地震。津波。制御不能となったプラント。爆発。また、爆発――。

すべてがほんの数日の中で、因果律にしたがい数珠繋（じゅずつな）ぎに起きた。

率直に言って、俺たちはずっと信じられずにいたと思う。人間が叡智（えいち）を尽くして造り上げ、維持してきたものが、まさかこんないとも簡単に打ち崩されるなんて、思い物の構造もよらなかったからだ。

だが、これが現実だった。自然が引き起こした連鎖反応は、ちっぽけな人間の構造物にこれほどの破局をもたらしたのだ。

結果として、この見渡す限りの故郷に、まだ人の営みは戻ってきていない。今もまだ。現実は目の前に聳える壁のごとくに、続いているからだ。

だからこそ、今さらながらに思う——よく俺たちは、生きて帰ってきたものだと。逃げ出すことはできたと思う。諦めることもできたはずだ。それでも俺たちはなぜか、あの場に踏みとどまって、ただひたすら奮闘した。何があっても戦い続けた。それこそ、死を覚悟してまで。

なんで、だろうな。

よくわからなかったから、ずっと考えていた。

お前がひとりでここを去ってからも、俺は、考え続けていた。

考えている間にも、1Fの形はどんどん変わっていった。故郷の姿も、日本そのものの在り方も変わっていった。そのせいで俺自身も慌ただしい毎日に巻き込まれ、落ち着く暇なんかないまま、結局、疑問も全部後回しになってしまった。

でも、不思議なことに、ふと今になって、答えらしきものが見出せたんだ。

あれは、きっと——『執念』だったんだ。

俺たちの、全力の執念だったんだよ。

なあ、そうだろう？　そうだったとは思わないか？　吉やん——。

桜が風に揺れた。何万もの花弁が、塊となり吹き抜けた。

桃色の波がとめどなく押し寄せる空に、伊崎は語り掛ける。

——俺たち、本当に頑張ったよな。

誰が見ていなくったって、俺たちは全力を尽くしたんだ。

この咲き誇る桜たちのように——。

伊崎は、むくりと起き上がると、ダッシュボードを開け、中にあった一通の手紙を取り出した。

差出人は、吉田昌郎。

読みやすいが、癖のある字体。吉田の分身でもあるかのようなその手紙を、伊崎は読んだ。

『伊崎、お前にもう会えないかもしれないので、手紙を書くことにした。

早いもので、あの事故から2年経つ。お互い、大変な経験をしたな。

あのとき、もう日本は終わりだと思った。後は神様仏様に任せるしかない。俺もここで死ぬんだな、と腹を括った。

事故が起きたら最初に死ぬのは、誰でもない、発電所の人間だ。だけど、死んでしまったら事故が収拾できない。現場の人間の命を守れずに、地元の人たちの命を守れるわけがない。

俺たちは、何か間違ったのか。お前はあのときそう言ったな。覚えてるか？

今になって、ようやくその答えが見えてきたような気がするよ。

俺たちは自然の力を舐めていた。10メートル以上の津波はこないと、ずっと思い込んでいた。確かな根拠もなく、1Fができてから40年以上も、自然を支配していたつもりになっていた。

つまり、慢心していたんだ』

――慢心か。そうかもしれない。伊崎は一度、顔を上げた。

俺たちは確かに、原子炉をねじ伏せた。執念で抑え込んだと言ってもいい。

でも、格納容器がなぜ爆発しなかったのか。その理由は、今になってもわからない。あれが奇跡だったのか、それとも単なる偶然か。それももう、誰にもわからないのだ。

だからこそ、あんな事故を二度と起こさないために大事なことは、1Fで何があったのかを教訓として語り継ぐということだ。

それが、あのとき、あの場にいて、死を覚悟した俺たちの使命なんだよな――。

伊崎は、手紙の終わりを読んだ。

『あのとき、お前がいてくれて本当によかった。

状況がさらに悪くなったら、最後は全員退避させ、お前と二人で残ろうと決めていた。

お前だけは、俺と一緒に死んでくれると思ったんだ。

今ごろ、悪いなと思った。奥さんと娘さんには、謝っておいてくれ。

本当にありがとう。

吉田昌郎』

――クソッ、何言ってんだ。

俺が、吉やんを、ひとり残していくわけねえだろうが。

それがお前、ひとりで勝手に逝きやがって――。

「……馬鹿野郎」

水っぽい声で、伊崎は上を向いた。

零（こぼ）れそうになる涙を誤魔化すように、目元を手の甲で拭（ぬぐ）うと、伊崎は車を降り、桜並木の間をゆっくりと、一歩一歩を踏みしめるように歩いた。

去年の夏。２０１３年7月9日。

誰からも慕われ、誰からも頼られ、誰よりも前に出て、誰よりも強かった吉田は、誰よりも早く、食道癌でこの世を去った。

同い年の伊崎には、まだ実感もわかずにいる。

今でも、吉田がどこかから、「おい、伊崎」と呼び掛けてくる気がする。

あの桜の木の陰に、いつもの剛毅でふてぶてしい姿で立っている気がする。

けれど、顔を上げても、そこには誰もいない。

伊崎は――。

だから、青空に語り掛けた。

「吉やん、今年も桜が咲いたよ」

Danny Boy

Oh, Danny Boy, the pipes, the pipes are calling,
From glen to glen and down the mountain side.
The summer's gone and all the roses fallin'.
'Tis you, 'tis you must go and I must bide.

But come ye back when summer's in the meadow.
Or when the valley's hushed and white with snow.
'Tis I'll be here in sunshine or in shadow.
Oh, Danny Boy, O, Danny Boy, I miss you so.

But if ye come, when all the flowers are dying,
If I am dead, as dead I well may be.
Ye'll come and find the place where I am lying.
And kneel and say an Ave there for me.

But come ye back when summer's in the meadow.
Or when the valley's hushed and white with snow.
T'is I'll be here in sunshine or in shadow.
Oh, Danny Boy, O, Danny Boy, I miss you so.

映画「Fukushima 50」挿入曲

ダニー・ボーイ

ああ、ダニー・ボーイ、バグパイプの音が呼んでいる、
谷から谷へ、山際まで。
夏は去り、バラも散っている。
あなたは行かなければならず、わたしは待ちわびる。

でも、草原に夏が訪れ、あなたが帰ってくるなら、
あるいは谷が真っ白な雪に覆われ静まりかえってからのことかもしれない。
晴れの日でも曇りの日でも、私はここにいる。
ああ、ダニー・ボーイ、あなたがいなくてとてつもなく寂しい。

でも、花が枯れ落ちた時にあなたが帰ってきても、
わたしは、おそらくこの世にいない。
そうしたらあなたはわたしの眠るところを見つけ、
そこにひざまずき、わたしに祈りをささげてくれるだろう。

でも、草原に夏が訪れ、あなたが帰ってくるなら、
あるいは谷が真っ白な雪に覆われ静まりかえってからのことかもしれない、
晴れの日でも曇りの日でも、私はここにいる。
ああ、ダニー・ボーイ、あなたがいなくてとてつもなく寂しい。

挿入曲「Danny Boy」邦訳

本書は、映画「Fukushima 50」の脚本をもとに書き下ろしたノベライズです。

小説(しょうせつ) Fukushima(フクシマ) 50(フィフティ)

周木(しゅうき) 律(りつ)

令和2年 1月25日 初版発行
令和6年 10月25日 4版発行

発行者●山下直久

発行●株式会社KADOKAWA
〒102-8177 東京都千代田区富士見2-13-3
電話 0570-002-301(ナビダイヤル)

角川文庫 22024

印刷所●株式会社KADOKAWA
製本所●株式会社KADOKAWA

表紙画●和田三造

ISBN 978-4-04-109130-2 C0193

◆◇◇

角川文庫発刊に際して

角川源義

第二次世界大戦の敗北は、軍事力の敗北であった以上に、私たちの若い文化力の敗退であった。私たちの文化が戦争に対して如何に無力であり、単なるあだ花に過ぎなかったかを、私たちは身を以て体験し痛感した。西洋近代文化の摂取にとって、明治以後八十年の歳月は決して短かすぎたとは言えない。にもかかわらず、近代文化の伝統を確立し、自由な批判と柔軟な良識に富む文化層として自らを形成することに私たちは失敗して来た。そしてこれは、各層への文化の普及滲透を任務とする出版人の責任でもあった。

一九四五年以来、私たちは再び振出しに戻り、第一歩から踏み出すことを余儀なくされた。これは大きな不幸ではあるが、反面、これまでの混沌・未熟・歪曲の中にあった我が国の文化に秩序と確たる基礎を齎らすためには絶好の機会でもある。角川書店は、このような祖国の文化的危機にあたり、微力をも顧みず再建の礎石たるべき抱負と決意とをもって出発したが、ここに創立以来の念願を果すべく角川文庫を発刊する。これまで刊行されたあらゆる全集叢書文庫類の長所と短所とを検討し、古今東西の不朽の典籍を、良心的編集のもとに、廉価に、そして書架にふさわしい美本として、多くのひとびとに提供しようとする。しかし私たちは徒らに百科全書的な知識のジレッタントを作ることを目的とせず、あくまで祖国の文化に秩序と再建への道を示し、この文庫を角川書店の栄ある事業として、今後永久に継続発展せしめ、学芸と教養との殿堂として大成せんことを期したい。多くの読書子の愛情ある忠言と支持とによって、この希望と抱負とを完遂せしめられんことを願う。

一九四九年五月三日

角川文庫ベストセラー

死の淵を見た男
吉田昌郎と福島第一原発

門田隆将

2011年3月、日本は「死の淵」に立った。福島県浜通りを襲った大津波は福島第一原発の原子炉を暴走させた。日本が「三分割」されるという中で、使命感と郷土愛に貫かれて壮絶な闘いを展開した男達がいた。

記者たちは海に向かった
津波と放射能と福島民友新聞

門田隆将

その時、記者たちは、なぜ海に向かったのか——。東日本大震災で存続の危機に立った福島民友新聞。『死の淵を見た男』の著者、門田隆将があの未曾有の危機に直面した記者たちの真実の姿と心情を描く。

災厄

周木律

原因不明の症状で住民が集団死する事件が発生。ウィルス感染が原因と睨んだ厚労省の斯波は真相を解明すべく、政府内での駆け引きと拡大する災厄に挑む！一気読み必至のパニックサスペンス！

暴走

周木律

警備員の島浦が勤めるのは、産業ロボットに管理された最新鋭化学工場。ある日、突然警報が鳴り響くと、島浦のいるシェルターの外で次々と人が死んでいく。パニックに陥る工場で、何が起きているのか——。

CRISIS
公安機動捜査隊特捜班

小説／周木律
原案／金城一紀

警視庁公安部に所属する、凶悪事件の初動捜査を担当する特別チーム『公安機動捜査隊特捜班』。横浜の39階建てホテルが何者かに占拠され、宿泊客550人が人質に取られる未曾有の事件に、特捜班が挑む！

角川文庫ベストセラー

角川文庫ベストセラー

かなしみの場所　大島真寿美

離婚して雑貨を作りながら細々と生活する果那。離婚のきっかけになった出来事のせいで家では眠れず、雑貨の卸し先梅屋で熟睡する日々。昔々、子供の頃に誘拐されたときのことが交錯する、静かで美しい物語。

あの日見た花の名前を僕達はまだ知らない。（上）　岡田麿里

高校生の今はばらばらの幼なじみたちは、とつぜん帰ってきた少女〝めんま〟の願いを叶えるために再び集まる……大反響アニメを、脚本の岡田麿里みずから小説化。小説オリジナル・エピソードも含む上巻。

あの日見た花の名前を僕達はまだ知らない。（下）　岡田麿里

めんまのために再び集まった高校生たち。だがそれぞれの胸には痛みがしまい込まれていて……果たして願いは叶うのか？　大反響アニメの、脚本家みずからによる小説版の完結編。小説独自のエピソードも満載。

金魚姫　荻原　浩

金なし、休みなし、彼女なし。うつ気味の僕のもとにやってきたのは、金魚の化身のわけあり美女⁉　突然現れたおかしな同居人に、僕の人生は振り回されっぱなし！

メゾン・ド・ポリス　退職刑事のシェアハウス　加藤実秋

新人刑事の牧野ひよりが上司の指示で訪れた先は、退職した元刑事たちが暮らすシェアハウスだった！　敏腕、科捜のプロ、現場主義に頭脳派。事件の話を聞くうち刑事魂が再燃したおじさんたちは――。

角川文庫ベストセラー

メゾン・ド・ポリス2
退職刑事とエリート警視
加藤実秋

退職警官専用のシェアハウスに住むおじさんたちは、くせ者ぞろいだが捜査の腕は超一流。今度は歩道橋から転落した男性の死亡事件に首を突っ込む。困惑する新人刑事のひよりだったが、やがて意外な真相が——。

メゾン・ド・ポリス3
退職刑事とテロリスト
加藤実秋

偽爆弾が設置される事件が頻発。単なるいたずらなのか？ 新人刑事の牧野ひよりは、退職刑事専用のシェアハウス〈メゾン・ド・ポリス〉に住む、凄腕だけど曲者ぞろいのおじさんたちと捜査に乗り出すが……。

かっぽん屋
重松清

汗臭い高校生のほろ苦い青春を描きながら、えもいわれぬエロスがさわやかに立ち上る表題作ほか、摩訶不思議な奇天烈世界作品群を加えた、著者初のオリジナル文庫！

疾走 (上)(下)
重松清

孤独、祈り、暴力、セックス、殺人。誰か一緒に生きてください——。人とつながりたいと、ただそれだけを胸に煉獄の道のりを懸命に走りつづけた十五歳の少年のあまりにも苛烈な運命と軌跡。衝撃的な黙示録。

哀愁的東京
重松清

破滅を目前にした起業家、人気のピークを過ぎたアイドル歌手、生の実感をなくしたエリート社員……東京を舞台に「今日」の哀しさから始まる「明日」の光を描く連作長編。

角川文庫ベストセラー

うちのパパが言うことには　重松　清

かつては1970年代型少年であり、40歳を迎えて2000年代型おじさんになった著者。鉄腕アトムや万博に心動かされた少年時代の思い出や、現代の問題を通して、家族や友、街、絆を綴ったエッセイ集。

みぞれ　重松　清

思春期の悩みを抱える十代。社会に出てはじめての挫折を味わう二十代。仕事や家族の悩みも複雑になってくる三十代。そして、生きる苦みを味わう四十代――。人生折々の機微を描いた短編小説集。

とんび　重松　清

昭和37年夏、瀬戸内海の小さな町の運送会社に勤めるヤスに息子アキラ誕生。家族に恵まれ幸せの絶頂にいたが、それも長くは続かず……高度経済成長に活気づく時代と町を舞台に描く、父と子の感涙の物語。

みんなのうた　重松　清

夢やぶれて実家に戻ったレイコさんを待っていたのは、いつの間にかカラオケボックスの店長になっていた弟のタカツグで……。家族やふるさとの絆に、しぼんだ心が息を吹き返していく感動長編!

ファミレス（上）　重松　清

妻が隠し持っていた署名入りの離婚届を発見してしまった中学校教師の宮本陽平。料理を通じた友人である、一博と康文もそれぞれ家庭の事情があって……50歳前後のオヤジ3人を待っていた運命とは?

角川文庫ベストセラー

ファミレス　(下)　重松　清

妻が隠し持っていた離婚届、教え子の複雑な家庭事情、妻不在中の居候母子の出産……オヤジたちの奮闘の行方は？「メシをつくって食べること」を横軸に描く、夫婦、家族、友情。人生の滋味が詰まった物語。

小説　秒速5センチメートル　新海　誠

「桜の花びらの落ちるスピードだよ。秒速5センチメートル」。いつも大切な事を教えてくれた明里、彼女を守ろうとした貴樹。恋心の彷徨を描く劇場アニメーション『秒速5センチメートル』を監督自ら小説化。

小説　言の葉の庭　新海　誠

雨の朝、高校生の孝雄と、謎めいた年上の女性・雪野は出会った。雨と緑に彩られた一夏を描く青春小説。劇場アニメーション『言の葉の庭』を、監督自ら小説化。アニメにはなかった人物やエピソードも多数。

小説　君の名は。　新海　誠

山深い町の女子高校生・三葉が夢で見た、東京の男子高校生・瀧。2人の隔たりとつながりから生まれる「距離」のドラマを描く新海誠的ボーイミーツガール。新海監督みずから執筆した、映画原作小説。

小説　ほしのこえ　原作／新海　誠　著／大場　惑

『君の名は。』の新海誠監督のデビュー作『ほしのこえ』を小説化。中学生のノボルとミカコは、ミカコが国連宇宙軍に抜擢されたため、宇宙と地球に離れ離れに。2人をつなぐのは携帯電話のメールだけで……。

角川文庫ベストセラー

切り裂きジャックの告白
刑事犬養隼人
中山七里

臓器をすべてくり抜かれた死体が発見された。やがてテレビ局に犯人から声明文が届く。いったい犯人の狙いは何か。さらに第二の事件が起こり……警視庁捜査一課の犬養が執念の捜査に乗り出す！

七色の毒
刑事犬養隼人
中山七里

次々と襲いかかるどんでん返しの嵐！『切り裂きジャックの告白』の犬養隼人刑事が、〝色〟にまつわる7つの怪事件に挑む。人間の悪意をえぐり出した、傑作ミステリ集！

ハーメルンの誘拐魔
刑事犬養隼人
中山七里

少女を狙った前代未聞の連続誘拐事件。身代金は合計70億円。捜査を進めるうちに、子宮頸がんワクチンにまつわる医療業界の闇が次第に明らかになっていき——。孤高の刑事が完全犯罪に挑む！

ドクター・デスの遺産
刑事犬養隼人
中山七里

死ぬ権利を与えてくれ——。安らかな死をもたらす白衣の訪問者は、聖人か、悪魔か。警視庁VS闇の医師、極限の頭脳戦が幕を開ける。安楽死の闇と向き合った警察医療ミステリ！

黄泉坂案内人
仁木英之

タクシー運転手の速人が迷い込んだのは、この世とあの世の狭間を漂う入日村という不思議な場所。そこで会った少女・彩葉と共に、速人は迷える魂の「未練」を解く仕事を始めるが……心にしみこむ物語！

角川文庫ベストセラー

黄泉坂案内人　少女たちの選挙戦　仁木英之

この世とあの世の狭間の入日村で迷える魂を救う仕事をしている、元タクシー運転手の速人と少女・彩葉。「マヨイダマ」となった死者の心残りを解決していく日々のなか、大災害により多くの魂が村を訪れて……。

GIVER　復讐の贈与者　日野草

過去に負い目を抱えた人々に巧みに迫る、正体不明の復讐代行業者。彼らはある「最終目的」を胸に、人の「一番の弱み」を利用し、追い詰めていく。恨む人・恨まれる人を予想外の結末に導く6つの復讐計画とは？

BABEL　復讐の贈与者　日野草

親友との再会に、義波と名乗る復讐代行業者がついてきた。親友は言う――「あなたの家の庭に、死体を埋めさせて」（「グラスタンク」）。義波たちにも不穏な影が忍び寄る、再読必至の連作ミステリ第2弾！

TAKER　復讐の贈与者　日野草

平常通りに復讐代行の依頼をこなす義波だが、悪事銀行の登場で組織はざわめき、仲間が次々と離脱していく――。静かに火花を散らす頭脳戦の結末は。その時、義波は。連作ミステリシリーズ、感動の完結！

おおかみこどもの雨と雪　細田守

ある日、大学生の花は〝おおかみおとこ〟に恋をした。2人は愛しあい、2つの命を授かる。そして彼との悲しい別れ――。1人になった花は2人の子供、雪と雨を田舎で育てることに。細田守初の書下し小説。